HARTLEY, CŒURS À VIF™

1 - Amour, *amitié*

J'AI LU

D'après la série télévisée
Hartley, cœurs à vif™

Jacquie Kent

HARTLEY, CŒURS À VIF™
1 - Amour, *amitié*

Traduit de l'anglais
par Julie Guinard

Éditions J'ai lu

Titre original :
HEARTBREAK HIGH - LOVE HATE

Published by arrangement with ABC Books
for the AUSTRALIAN BROADCASTING CORPORATION
GPO Box 9994 Sydney NSW 2001

1

Surnommé le lycée des cœurs brisés par certains élèves, source d'angoisse et d'espoirs déçus pour un grand nombre de professeurs et de parents, Hartley était une école secondaire située dans la périphérie nord de Sydney. Un lycée typique du début des années 1970, avec des parapets en béton, de vastes cages d'escalier grises, des classes trop petites. Un lycée comme n'importe quel autre lycée d'Australie, et probablement du monde : un compromis entre le baraquement militaire et la prison. Nombre de lycéens y étaient néanmoins attachés. Anita Scheppers et Melanie Black, notamment.

Le jour de la rentrée scolaire, Anita et Melanie se retrouvèrent devant les casiers métalliques mutilés par plusieurs générations d'élèves de terminale.

— Quand je pense que l'année prochaine, ce sera la fac ! s'émerveilla Melanie.

Anita hocha la tête en riant. Melanie avait l'air trop jeune pour une élève de terminale. Surtout à côté d'Anita. Elles étaient toutes les deux blondes mais la ressemblance s'arrêtait là. Anita était une grande fille aux cheveux couleur de miel avec de longues jambes et des yeux bleus, tandis que sa meilleure amie, mince voire maigrichonne, petite, avait les yeux gris et les cheveux blond cendré.

Elles étaient amies depuis la cinquième. Melanie était consciencieuse et sérieuse. Les professeurs l'aimaient bien parce que c'était une bonne élève, studieuse, toujours dans les premières de la classe. Anita, en revanche, moins assidue sur le plan scolaire, se classait dans la moyenne. Elle était populaire – apparemment sans effort – ce que lui enviait Melanie, que les autres élèves avaient parfois tendance à considérer comme la fayote de service.

— On va peut-être arriver à se faire respecter, cette année, remarqua Melanie.

À cet instant, Declan, un grand gaillard blond, glissa en trombe sur ses rollers en lui administrant au passage une vigoureuse tape sur les fesses.

— Salut, Melanie ! Alors, ces vacances ?

— Tu disais ? pouffa Anita.

Melanie éclata de rire. Un moment plus tard, elle demanda avec une désinvolture étudiée :

— Au fait, ton frère, pourquoi est-il revenu ?

— On n'a pas voulu de lui ailleurs, répondit Anita en ouvrant son casier.

— Non, sérieusement, insista Melanie.

— Il ne s'entendait pas avec la petite amie de papa.

Melanie hésita un moment avant de demander :

— Et Ryan, il a une petite amie, là-bas ?

Anita fit claquer la porte de son casier.

— Je m'en fiche comme de ma première chaussette !

Melanie sembla déçue par sa réponse, mais elle n'avait pas envie de parler de son frère.

C'était curieux, le retour de Ryan à la maison après deux années où ils ne s'étaient vus que pendant les vacances scolaires. Autre perturbation due au divorce de leurs parents, bien sûr. Anita avait mis du temps à s'habituer au calme de la maison, après leur séparation : il y avait là quelque chose de triste et d'irrévocable. Finies les moqueries de son père qui l'appelait « Anita Chocolat » chaque fois qu'elle démarrait un régime, finies les chamailleries avec son frère.

Elle n'avait pas vu son père depuis plusieurs mois. Il

l'avait juste appelée pour lui souhaiter un joyeux Noël et lui avait envoyé ses étrennes. Et voilà que Ryan débarquait en annonçant que Jeff l'avait fichu dehors. En réalité, ce n'était guère surprenant : le père et le fils n'avaient jamais été très proches, pas même du temps où les Scheppers formaient une famille unie. Malgré cela, Anita avait été étonnée de sa décision, et encore plus quand il avait accepté les conditions imposées par leur mère. « Pas question que tu végètes toute la journée, avait prévenu Hilary. Si tu veux vivre sous ce toit, Ryan, il faudra que tu travailles. Et cela signifie retourner au lycée. »

Il n'avait pas protesté, ce qui paraissait logique : à une époque où le chômage des jeunes était si élevé, à quoi pouvait prétendre un garçon de dix-huit ans sans aucune qualification ? Mais Anita l'avait entendu grommeler : « Je n'ai aucune intention de m'échiner sur les bancs du lycée. » Il tiendrait peut-être sa promesse en faisant acte de présence chaque matin à Hartley, mais il ne fallait pas compter qu'il travaille.

Trois jours seulement après son arrivée, déjà elle le trouvait envahissant. Chaussettes traînant dans la salle de bains, *heavy metal* sans discontinuer sur la chaîne hi-fi, vaisselle sale empilée dans l'évier... Et maintenant, elle allait devoir le supporter aussi au lycée, et dans la même classe, par-dessus le marché.

Melanie était peut-être subjuguée par Ryan – il fallait reconnaître qu'il était vraiment beau garçon et savait jouer de son charme quand il le voulait – mais Anita savait à quoi s'en tenir sur son compte, elle.

En approchant de la classe, elles furent accueillies par la clameur des nouveaux élèves de terminale. Un moment plus tard, elles se mêlaient au traditionnel chaos de rentrée. Il y avait des adolescents dans tous les coins. On s'échangeait des potins de vacances, on comparait les bronzages, on riait, on choisissait sa place pour l'année, on s'interpellait d'un bout à l'autre de la classe : « Hé, mets-toi à côté de moi ! » « Par ici ! » « Pas là, crétin ! »

Anita remarqua Ryan seul debout au fond de la classe, visiblement en train de décider où il allait s'asseoir. Personne ne lui avait encore adressé la parole, mais cela ne semblait pas le perturber, il était même plutôt décontracté. Anita se demanda pourquoi tant d'hésitation. Puisqu'il avait l'intention de se la couler douce, qu'importait sa place ?

Enfin, tandis que les gens s'installaient autour de lui, Ryan se dirigea vers un bureau au milieu de l'avant-dernier rang, non loin de la porte. Il allait y poser son sac quand une grosse sacoche noire atterrit sur le siège.

— C'est ma place, annonça son propriétaire.

Il était grand, plus grand que Ryan. Une belle carrure d'athlète, les cheveux noirs, la mâchoire carrée et des yeux bleu glacier. Un mince anneau en argent perçait son sourcil gauche.

— Je ne vois pas marqué de nom dessus, objecta Ryan.

Le garçon aux cheveux noirs, qui paraissait plus âgé que les autres élèves de la classe, se rapprocha de Ryan.

— Je m'appelle Drazic, dit-il doucement d'un ton où sourdait la menace. Et cette place est à moi. Alors laisse tomber.

— Pas question, dit Ryan. J'étais là avant.

Drazic se mit à rire.

— Écoute, tu viens d'arriver. Moi, je suis ici depuis des années. Dégage ! Trouve-toi un autre bureau, d'accord ?

— Je reste là.

L'autre plissa les yeux.

— Ah oui ?

Anita observait leur démêlé avec intérêt. Elle avait déjà vu Drazic à l'œuvre, sa tactique était toujours la même : foncer dans le tas, chercher noise à un nouveau pour le tester, pour montrer qui était le chef. Implacable et coriace, Drazic avait systématiquement le dessus. Mais cette fois,

Ryan, qui s'était frotté à des adolescents endurcis à Newcastle, ne se laisserait pas démonter. Cela promet d'être intéressant si Drazic trouve un adversaire à sa taille, songea Anita.

— Bien, asseyez-vous !

Un homme d'une cinquantaine d'années, aux cheveux bruns clairsemés et au visage taillé à la serpe pénétra dans la classe. Il s'attira quelques coups d'œil curieux, personne ne l'ayant encore jamais vu. C'était peut-être un enseignant.

Il était suivi de Ronnie Brooks, l'un des professeurs les plus appréciés de Hartley. Avenante, petite, les yeux et les cheveux noirs, elle fut accueillie avec affection.

— Bonjour, mademoiselle Brooks !

— Nous revoilà ! Ça fait plaisir de vous retrouver.

— Vous avez passé de bonnes vacances, mademoiselle ?

Elle sourit et inclina brièvement la tête.

Arrivé à l'avant de la classe, l'homme se retourna faisant face aux élèves.

— Silence ! ordonna-t-il d'une voix autoritaire acquise au fil d'années d'expérience. Que chacun se trouve une place.

Sans cesser de bavarder et de rire, les élèves obéirent en prenant leur temps.

— Dépêchez-vous de vous asseoir !

L'homme se tourna vers Ryan et Drazic, qui poursuivaient leur altercation sans même avoir remarqué que deux professeurs étaient entrés.

— Vous deux, tonna-t-il, cessez immédiatement !

Ryan prit son sac et se glissa derrière un bureau près du mur tandis que Drazic prenait place sur la chaise litigieuse en arborant un sourire satisfait.

— Bien, dit l'homme quand le calme fut revenu. Je suis M. Bailey, votre proviseur intérimaire en attendant qu'un nouveau directeur soit nommé. Avant que nous ne commencions à travailler, laissez-moi vous dire ceci : vous êtes en terminale. Votre travail cette année sera déterminant pour votre avenir...

Trois retardataires entrèrent dans la salle. La fille, Katerina, qui mastiquait une barre aux céréales, lança avec désinvolture :

— Salut, Ronnie !

— Asseyez-vous, tous les trois ! tonna M. Bailey.

Les trois nouveaux venus échangèrent des regards en haussant des sourcils interrogateurs et se glissèrent sur les sièges les plus proches.

— À partir de maintenant, vous vous adresserez à vos professeurs en leur disant Monsieur, Madame ou Mademoiselle, ajouta-t-il. Et non en les appelant par leur prénom. Par ailleurs, tout retard sera sanctionné par un avertissement.

Il fusilla Katerina du regard.

— On ne mange pas en classe.

Les mâchoires cessèrent de remuer.

La classe entière commençait à s'énerver. Pour qui se prenait-il, celui-là ?

— La réputation de cet établissement en termes de discipline et de réussite scolaire est désastreuse, poursuivit M. Bailey. Nous allons y remédier en instaurant des mesures draconiennes et, faites-moi confiance, elles seront rigoureusement appliquées.

Il adressa un regard furibond à Ryan et à Drazic.

— Désormais, tous les élèves qui se bagarrent seront systématiquement exclus.

Il regarda un garçon et une fille qui se tenaient la main.

— Cela s'applique également à tous les élèves ayant un comportement obscène dans le lycée ou dans son voisinage immédiat...

Drazic leva la main.

— Excusez-moi... m'sieur ?

Il avait ajouté « m'sieur » *in extremis*.

— Quoi ?

— Que signifie « obscène », m'sieur ?

M. Bailey fronça les sourcils.

— Comment vous appelez-vous ?

— Drazic, monsieur.

— Drazic comment ?

— Ce serait plutôt *comment* Drazic, en fait, répliqua tranquillement Drazic. Mais appelez-moi juste Drazic, ça ira.

Des rires fusèrent.

— Assez ! coupa M. Bailey. Eh bien, Drazic, ne me faites pas perdre mon temps. Cherchez le mot « obscène » dans le dictionnaire. À moins que vous ne sachiez pas vous servir d'un dictionnaire ?

Drazic rougit et lança un regard meurtrier au proviseur, ce qui surprit Anita. Habituellement, les remarques des professeurs n'avaient aucun effet sur Drazic.

M. Bailey poursuivit son discours, allant de mauvaise nouvelle en mauvaise nouvelle. Interdiction de fumer. Les manquements au code vestimentaire d'usage, les T-shirts ou les chemisiers dévoilant le nombril, seraient sanctionnés par un système d'avertissements. Le maquillage, les boucles d'oreilles ou les anneaux en tous genres étaient interdits, ce qui visait directement Drazic.

— Très bien. Y a-t-il des questions ? conclut-il.

Tous les élèves semblaient trop déprimés ou irrités pour réagir.

— Parfait. Ce sera tout.

La récréation fut l'occasion de discuter du nouveau proviseur.

— Il se croit où, dans un camp de concentration ? explosa Anita, assise avec Melanie au bord du terrain de basket, un jus de fruits à la main. Il se prend pour Hitler, ma parole !

— Il est peut-être sympa, hasarda Melanie.

Anita s'apprêtait à la traiter de fayote quand elle réalisa que son amie regardait ailleurs. Elle contemplait Ryan qui s'entraînait à faire des paniers. Il prit son élan et le ballon atterrit dans le filet. Espérant visiblement qu'il la remarquerait, Melanie applaudit.

Drazic avança nonchalamment vers Ryan au moment où ce dernier allait relancer le ballon.

— Hé, on s'en fait une ?

Ryan se retourna.

— Toi et moi ?

— Tu trouveras peut-être ça instructif, persifla Drazic.

— Tu crois ? demanda sèchement Ryan.

Drazic ricana :

— Tu te dégonfles, hein ?

Ryan fit un signe à Declan.

— D'accord. Declan, c'est toi qui arbitres, dit-il en lui lançant le ballon.

Anita et Melanie regardèrent Declan se placer entre Drazic et Ryan et jeter le ballon en l'air. Ryan, plus rapide d'une fraction de seconde, l'attrapa au vol. Talonné par son rival, il plongea, feinta, dribbla, prenant constamment Drazic au dépourvu. En moins d'une minute, Ryan avait lobé et marquait un but.

— Ça alors, je ne savais pas qu'il était si doué ! s'écria Melanie, radieuse.

Anita elle-même éprouva un élan de fierté envers son frère. D'autres élèves de terminale applaudirent. Tout le monde s'intéressait à la rivalité qui opposait Drazic et Ryan.

Drazic attrapa le ballon, esquiva son adversaire et visa le panier. Mais il était moins svelte et moins agile que Ryan. La balle rebondit sur le cerceau métallique. Drazic laissa échapper un grognement de colère. Rapidement, Ryan s'empara de la balle, la fit rebondir entre les jambes de Drazic, la récupéra de l'autre côté et s'élança dans les airs. Le ballon s'engouffra dans le panier.

— Ryan a gagné, déclara Declan.

Anita et Melanie bondirent sur leurs pieds. Ryan fit un

signe de victoire à l'adresse de sa sœur et éleva les mains vers son public comme pour l'encourager à l'acclamer encore. Boudeur, Drazic le regardait, les poings sur les hanches.

Ryan se dirigea tranquillement vers lui, sans se presser. Il buvait du petit-lait.

— Merci pour la leçon. La prochaine fois, apprends-moi quelque chose que je ne sais pas, d'accord ?

Drazic fit un pas en avant.

— Tu veux apprendre quelque chose tout de suite, tronche de cake ?

— Drazic, on a compris, arrête ! intervint Anita. Ryan a gagné, OK ? Tu ne peux pas en rester là ?

Anita avait parlé fermement mais elle fut tout de même surprise de voir Drazic laisser tomber sans protester.

— Tu ne perds rien pour attendre, lança-t-il à Ryan avant de s'éloigner.

— J'espère qu'il n'y a pas de bagarre dans l'air, fit une voix que les terminales avaient déjà appris à détester.

M. Bailey jeta un regard suspect à Ryan et à Drazic mais décida de ne pas intervenir dans leur différend.

— Je cherche Melanie Black.

Quand Melanie se fut présentée, le proviseur lui demanda de venir dans son bureau. Quelques minutes plus tard, Melanie reparut, l'air sérieux mais contente.

— Qu'est-ce qu'il te voulait ? demandèrent ses camarades.

— Il m'a nommée « agent de liaison », annonça Melanie, une sorte d'intermédiaire entre les profs et les élèves. Je suis chargée de faire respecter le règlement et de transmettre vos suggestions.

— Cool, fit Declan, impressionné.

— On pourrait avoir des miroirs en pied dans les toilettes ? demanda Katerina.

— Une soirée à un match de basket professionnel, ce serait sympa, proposa Ryan.

— Hé, les gars, s'exclama Melanie en riant, il faut des propositions sérieuses. Pourvu que je sois à la hauteur !

— J'en suis sûre, Melanie, dit Anita. Tu vas être formidable.

Melanie manquait de confiance en elle et, parfois, elle avait besoin d'être rassurée. Drazic s'approcha.

— Bande de crétins, lança-t-il. Ouvrez les yeux ! Cette chère Melanie vient d'être désignée cafteuse officielle du lycée.

2

— Cette histoire d'agent de liaison me tracasse, dit Melanie.

— Moi je trouve ça pas mal, répondit Anita. Qu'est-ce qui ne te plaît pas ?

Les cours étaient terminés et elles se promenaient sur la plage. Beaucoup d'autres lycéens profitaient du soleil radieux et des vagues. L'un des rares avantages de Hartley High était sa proximité de la mer. Il suffisait de dix minutes de bus pour se retrouver sur la baie.

Le soleil faisait scintiller la crête des vagues qui déferlaient sur la plage. Les cheveux relevés, Anita marchait à grands pas en savourant la chaleur du soleil et le picotement de l'air iodé. Melanie avait presque du mal à la suivre.

— J'ai l'impression que M. Bailey n'est pas si intéressé que cela par nos desiderata. Je suis allée le trouver avec toutes nos suggestions, tu sais. Et la seule chose qui l'intéressait, c'était le nombre d'avertissements que j'avais distribués aux uns et aux autres.

— Tu plaisantes ? s'écria Anita, incrédule. Quel abruti !

— Oui, fit Melanie en contemplant le sable. Drazic avait peut-être raison. J'ai été désignée moucharde officielle.

— Drazic n'a jamais eu raison de sa vie, décréta Anita. Il ne sait même pas ce que ça veut dire. Personne ne t'oblige à cafter. Tu n'as qu'à faire ce que tu juges juste, c'est tout.

— Oui, sans doute, fit Melanie en lui adressant un petit sourire. Sans doute.

— Hé, les filles !

La joyeuse interpellation venait d'un peu plus loin sur la plage.

— Quand on parle du loup... marmonna Anita.

Drazic émergeait de l'écume.

Tandis qu'il courait vers elles, Anita ne put s'empêcher de se dire qu'il était vraiment beau garçon en maillot de bain, tout bronzé, ses cheveux noirs ruisselants. Il fallait bien lui concéder cela : Drazic était peut-être insupportable mais il était canon.

— Vous venez piquer une tête, les filles ? proposa-t-il avec un grand sourire qui dévoilait des dents très blanches.

— Non, plus maintenant, répondit Anita d'un air compassé, sous-entendant que sa présence avait pollué la plage, sinon l'Océan tout entier.

— Et le flic de service ?

— Fais comme s'il n'existait pas, Melanie, conseilla Anita en levant les yeux au ciel.

— Fiche-nous la paix, dit Melanie.

Drazic ouvrit grand les bras et s'approcha.

— On n'est pas obligé de se baigner pour être mouillé, vous savez.

— Ne fais pas un pas de plus, l'avertit Melanie.

Imperturbable, il continua à avancer. Puis, sans prévenir, il se secoua pour se sécher et aspergea les deux filles.

— Espèce de crétin ! Quand est-ce que tu vas enfin devenir adulte ?

Drazic éclata de rire. Il allait s'approcher encore quand un drap de bain rouge et jaune atterrit sur sa tête. C'était Ryan.

— Vous venez vous baigner ? demanda-t-il.

Anita refusa et Ryan s'avança vers l'Océan

— Dis donc ! hurla Drazic en courant derrière lui.

Ryan s'arrêta et l'attendit.

— Tu me suis ou quoi ? demanda Drazic.

— Je pourrais en dire autant, répliqua Ryan en riant.

— Tu es pire qu'une mauvaise odeur, cracha Drazic. Qu'est-ce que tu fabriques ?

— Eh bien tu vois, je vais me baigner, articula lentement Ryan, comme s'il s'adressait à un enfant de deux ans.

— Pas question. C'est ma plage, ici.

Ryan le toisa un instant.

— Tu es vraiment un cas, Drazic. C'est quoi, ton problème, exactement ? *Mon* bureau, *mon* terrain de basket, *ma* plage. Bientôt tu vas dire c'est *mon* lycée.

— Parfaitement, répliqua Drazic. Alors dégage !

— Arrête tes enfantillages, tu veux ?

— C'est mon territoire, ici, répéta Drazic. Et toi, l'intrus, je te conseille de te trouver une autre plage.

Ryan le considéra d'un œil incrédule.

— Désolé, dit-il très lentement, je vais me baigner. Ici. Et n'essaie pas de m'en empêcher.

Il tourna le dos à Drazic et plongea. Drazic le regarda, l'air mauvais. Anita comprit qu'il ne laisserait pas son frère en paix tant qu'il n'aurait pas le dernier mot.

*

Le lendemain matin, Melanie était de bonne humeur. Anita avait raison, ce n'était pas un problème d'être agent de liaison. Il lui suffisait d'être ferme, de veiller à ce que tout le monde respecte le règlement intérieur et tout se passerait bien.

Un groupe d'élèves faisait du roller sur le trottoir, devant le lycée. Melanie blêmit quand elle reconnut Drazic, une cigarette à la bouche, et quelques-uns de ses copains.

En la voyant, il accéléra et pila juste devant elle. Posément, il tira sur sa cigarette et lui souffla la fumée en pleine figure.

— Éteins-la, demanda Melanie.

— Oblige-moi.

— Je te préviens, dit Melanie très calme, tu as entendu ce qu'a dit M. Bailey. Interdiction de fumer au lycée

— Tu as entendu ce qu'a dit M. Bailey, singea Drazic d'une voix haut perchée. Hou là là, je suis mort de peur !

— Tu es vraiment trop nul, Drazic.

Melanie poursuivit son chemin. Drazic la rejoignit, sans cesser de fumer. Melanie franchit la grille et se retourna pour le toiser d'un air de défi.

Dans un crissement de patins, Drazic s'arrêta juste devant la grille. Il tira une bouffée, inclina la tête et souffla la fumée, gardant la main qui tenait la cigarette tendue derrière lui.

— Je ne suis pas dans l'enceinte du lycée, proclama-t-il vertueusement.

— M. Bailey a dit à proximité immédiate, rétorqua sèchement Melanie.

Drazic la contempla, faussement admiratif.

— Tu as une mémoire d'éléphant ! Pas moi, je suis une vraie passoire.

Il tira sur sa cigarette et souffla une nouvelle fois la fumée au visage de Melanie.

— Tu l'auras cherché, gronda-t-elle.

— Cherché quoi ? Je ne fume pas dans le lycée, pas vrai, les gars ? fit-il en agitant les bras vers ses copains qui assistaient à la scène, hilares. Tu vois, j'ai des témoins.

Le groupe se dirigea en ricanant vers les classes. Melanie était hors d'elle.

— Salut Melanie ! fit Anita en arrivant. Qu'est-ce que tu as ?

— C'est Drazic. Il est d'une bêtise affligeante.

— Ça, ce n'est pas un scoop ! s'écria Anita en riant. Mais qu'est-ce que ça peut faire ? Ne te laisse pas miner par ses blagues idiotes. Il se croit tellement spirituel...

Melanie soupira.

— Mais, tu es maquillée ! s'exclama-t-elle soudain en contemplant son amie.

— Oui, pourquoi ? s'étonna Anita. J'ai du noir qui a coulé ?

Melanie la scruta de plus près.

— Tu as mis du brillant à lèvres, du mascara... tout !

— C'est discret mais... oui.

— Tu sais ce qu'a dit M. Bailey. Pas de maquillage. C'est le règlement.

Anita se mit à rire.

— Hé, Melanie ! Ça fait des années que je me maquille. Qu'est-ce qui te dérange ?

Mais Melanie n'avait pas envie de rire.

— Tu vas te démaquiller.

— Tu plaisantes ? Sûrement pas !

— Très bien. Je le signalerai.

Abasourdie, Anita resta un moment sans voix. Quand elle retrouva la parole, elle s'écria :

— Et ensuite, tu vas dénoncer tous ceux qui mettent de la crème sur leurs boutons d'acné ? Tu ferais mieux de commencer par toi.

Et elle tourna les talons.

Le reste de la journée fut pénible pour l'une comme pour l'autre. Melanie se méfiait de Drazic, quant à Anita, furieuse contre son amie, elle refusait de lui adresser la parole. Consternée, Melanie aurait bien voulu se réconcilier avec elle mais elle craignait de saper son autorité.

Quand vint l'heure du déjeuner, complètement déprimée, elle alla raconter l'incident à M. Bailey dans l'espoir qu'il la suspende de ses fonctions. Mais le proviseur lui assura qu'elle avait bien agi.

— Il faut être juste et traiter tout le monde de la même façon, lui dit-il tandis qu'ils se dirigeaient vers le terrain de basket. On ne peut pas faire de favoritisme avec ses amis.

Ryan, qui s'entraînait à faire des paniers, leur jeta un coup d'œil et continua à jouer. Surgi de nulle part, Drazic saisit la balle au bond et vint se poster derrière M. Bailey, qui s'était arrêté avec Melanie à côté d'une poubelle.

— Regardez-moi ça ! s'écria le proviseur avec dégoût en poussant du bout de sa chaussure un mégot de cigarette par terre.

À cet instant, le ballon rebondit sur son dos, le faisant trébucher. Il se rattrapa à la poubelle.

— Qui a fait cela ?

Tous les élèves, y compris Ryan et Drazic, essayèrent de garder leur sérieux. Ce n'était pas facile. Le visage de M. Bailey était aussi cramoisi que sa cravate.

— Lequel d'entre vous a lancé ce ballon ? fulmina-t-il.

Silence.

— Très bien. À qui appartient ce ballon ?

— À moi, monsieur, dit Ryan.

— L'avez-vous lancé ?

— Non, monsieur.

— Avez-vous vu qui l'a lancé ?

Ryan ne répondit pas. M. Bailey réitéra sa question et Ryan regarda par terre. Malgré leur animosité, il n'allait pas accuser Drazic.

— Parfait, fit le proviseur d'un ton pincé, vous êtes collé.

Ryan leva la tête, stupéfait.

— Pour quelle raison, monsieur ?

— Pour n'avoir pas surveillé votre ballon.

— Mais monsieur... !

Sans l'écouter, M. Bailey fit signe à Declan, qui avait ramassé le ballon.

— Donnez-le-moi, confisqué.

Il regarda sévèrement les élèves qui l'entouraient.

— J'ai autre chose à vous dire, annonça-t-il sévèrement. Je ne tolérerai pas que l'on fume dans cet établissement. Si vous êtes assez idiots pour vous ruiner la santé, faites-le ailleurs.

Il lança un regard noir à Drazic, qui fit semblant de rien.

— Si je surprends l'un d'entre vous avec des cigarettes c'est la porte. Pensez-y !

Et il s'éloigna. Ne sachant trop que faire, Melanie se retourna et se trouva nez à nez avec Anita.

— Il m'a collée, lança cette dernière. Je te remercie. Je ne t'aurais jamais cru capable de dénoncer une amie.

Melanie poussa un soupir.

— J'essaie seulement de remplir mon rôle. Je ne peux pas faire de différence, ce serait injuste.

Anita posa son sac avec les autres au bord du terrain de basket.

— Arrête avec tes excuses minables. De toute façon, je n'ai pas envie de t'écouter.

— Laisse-moi seulement t'expliquer...

— Je ne veux rien savoir, coupa Anita en s'éloignant.

Quelques minutes plus tard, la sonnerie retentit, indiquant le milieu de la pause du déjeuner. Drazic et ses copains, toujours du côté du terrain de basket, levèrent les yeux, surpris de voir M. Bailey foncer vers eux, suivi d'une Melanie accablée.

— Qu'est-ce qu'il a, à la fin ? grogna Drazic à Ox, son meilleur ami. Pourquoi est-ce qu'il est tout le temps sur notre dos ? Il a rien à faire ?

— Drazic, fit brusquement le proviseur, vous n'avez pas de cigarettes sur vous, par hasard ?

— Qui, moi, m'sieur ? demanda Drazic d'un air innocent. Jamais !

M. Bailey le lorgna d'un œil sceptique.

— Vous ne fumez pas ? Comment se fait-il que vous sentiez le tabac ?

— Jamais à l'école, dit Drazic avec sérieux. Je sais que vous êtes contre.

Excédé, M. Bailey allait riposter quand Drazic le devança :

— Je vous assure, m'sieur. Je n'ai rien à cacher. Fouillez-moi. Vous pouvez regarder dans mon sac, mes poches, où vous voulez. Allez-y.

Le proviseur le considérait avec méfiance.

— Cela ne vous ennuie pas si je regarde dans votre sac ?

— Oh, non, m'sieur ! Mais il faut faire la même chose pour tout le monde. Pas seulement moi, mec.

— Monsieur, corrigea sèchement le proviseur.

— Oh, pardon... monsieur.

— Bien. Melanie, puis-je regarder dans votre sac ?

— Bien sûr, monsieur.

Melanie alla chercher son sac, le rapporta et l'ouvrit. Stupéfaite, elle vit un paquet de cigarettes à l'intérieur.

— Waouh !

Avec un cri d'horreur feint, Drazic montra du doigt la pièce à conviction.

— Monsieur, protesta Melanie, au bord des larmes, je ne sais vraiment pas comment...

— Assez, Melanie, coupa M. Bailey. Vous me décevez beaucoup.

— Mais, monsieur...

— Je vous attends dans mon bureau.

*

Devant son casier, Ryan triait ses cahiers et les fourrait dans son sac. Il agissait vite, comme s'il ne voulait pas qu'on le surprenne. Le soleil oblique dardait ses rayons dans le couloir silencieux. Presque tous les élèves étaient déjà rentrés chez eux.

Quelqu'un lui pinça les fesses et il se retourna en sursautant. Derrière lui, Anita souriait.

— Tu croyais que c'était ton jour de chance, avoue !

— Je savais que c'était toi.

— Ben, voyons.

— Ton heure de colle est finie ?

— Mum, pas trop tôt, fit-elle avec une grimace. Et toi ?

— Oui.

Ryan continuait à vider son casier.

— Pas mal pour une première semaine, on se retrouve tous les deux collés, fit Anita en posant son sac. Tu crois que tu vas survivre à l'année scolaire ?

— Je déteste cet endroit, dit lentement Ryan. Je le déteste depuis la première minute où j'y ai mis les pieds. Je prends mes affaires et je me casse. Bye bye, Hartley !

Anita le contempla, horrifiée.

— Ryan ! Tu ne peux pas faire ça ? Et ton pacte avec maman ? Qu'est-ce que tu vas devenir sans diplôme ? Où vas-tu vivre ? Tu comptes retourner chez papa ?

— Tu crois tout ce que je te dis ! s'écria-t-il en riant. Je t'ai bien eue, hein ? Je plaisantais.

— C'est vrai ? demanda Anita avec une pointe d'inquiétude.

— Mais oui, répondit-il en claquant la porte de son casier. Ce n'est pas si terrible, ici. Je pourrais même m'y plaire.

— Ooooh, toi ! s'exclama Anita en lui donnant une tape dans le dos.

— De toute façon, si je partais je ne vois pas pourquoi ça t'embêterait ? Tu ne voulais pas vraiment de moi ici, au départ, hein ? Qu'est-ce qui t'a fait changer d'avis ?

— Je ne sais pas, répondit gaiement Anita. Je suis tout simplement quelqu'un de merveilleusement bon, magnanime et indulgent, comme tu le sais.

Ryan éclata de rire.

— Alors, fit Anita tandis qu'ils s'apprêtaient à partir, tu t'es fait des copains ? À part Drazic, je veux dire.

— Drazic est un minable. Tu as vu ce qu'il a fait à Melanie, mettre ses clopes dans son sac comme ça...

— C'est vrai, il est nul, concéda Anita, mais méfie-toi de lui. Il est capable de te pourrir la vie, si ça lui chante.

— Merci pour le conseil. Au moins, je n'ai pas d'amis à perdre, moi.

— Bravo pour la subtile allusion, Ryan. Melanie est une belle peau de vache.

— Allez, ne sois pas si dure avec elle.

— Pourquoi pas ? répliqua Anita en secouant sa crinière blonde. Ce qu'elle a fait est impardonnable.

— Elle a essayé d'être juste, la défendit Ryan.

— Facile à dire, pour toi. Ce n'est pas toi qu'elle a cafardé.

— Ce n'est pas un crime, tout de même. Personne n'est parfait.

Anita rit.

— Même pas toi ?

— Lâche-moi un peu.

— Bon, bon, d'accord. C'est tout ce que tu as à me prodiguer, comme sages paroles ?

— Tu sais ce qu'a fait Melanie ? demanda Ryan.

— Non, mais je parie que tu vas me le dire.

— Elle a démissionné. Elle ne veut plus être agent de liaison.

Anita le considéra avec surprise.

— Ça n'aura pas duré longtemps.

— C'est vrai. Je l'ai vue avant le dernier cours. Elle m'a expliqué qu'elle avait annoncé sa décision à Bailey, qu'elle en avait assez que tout le monde la traite comme une moins que rien. Ça l'a vraiment secouée, tu sais.

*

Ce soir-là, Anita se brossait les cheveux en méditant les incidents de la journée quand on frappa à la porte de sa chambre. Elle se retourna, s'attendant à trouver sa mère, mais ce fut Melanie qu'elle vit sur le seuil.

— Je peux entrer ?

Anita fit signe que oui. Melanie s'avança et lui tendit un petit paquet allongé.

— Je t'ai apporté ça.

Surprise, Anita ouvrit le paquet et en sortit un rouge à lèvres orange vif, très différent de l'habituel corail d'Anita.

— Il vient de sortir, j'ai pensé qu'il t'irait bien. Essaie-le demain.

— Merci, Melanie, fit prudemment Anita, acceptant le cadeau comme une offrande de paix et d'excuse. Ryan m'a dit ce qui s'était passé.

— Hum, fit Melanie, embarrassée. J'en avais marre d'être obligée de cafarder. Et puis, après le coup de Drazic...

— Bah, tu le connais, il faut toujours qu'il fasse le malin.

— Le pire, c'est que Bailey ne m'a pas crue, ajouta Melanie les larmes aux yeux. Il s'est vraiment mis dans la tête que je fumais. Comme si c'était mon genre !

— Je te l'ai dit, c'est une tache, ce mec.

Anita ne pouvait se résoudre à condamner Drazic. Elle comprenait qu'il ait joué ce tour à Melanie. Elle l'avait bien cherché en prenant son rôle tellement au sérieux.

Il y eut un silence. Melanie aurait été heureuse de l'entendre dire : « Melanie, ne t'en fais pas, je te pardonne, redevenons amies. » Mais Anita ne pouvait pas lui pardonner. Il était trop tôt.

Elles étaient les meilleures amies du monde depuis tellement longtemps. Melanie l'avait toujours réconfortée pendant les interminables disputes de ses parents. Elle avait même fourni les mouchoirs en papier quand Anita pensait qu'elle ne cesserait jamais de pleurer. Et Anita avait écouté les doutes et les tracas de Melanie pendant des années, lui prodiguant des conseils quand elle le pouvait.

À présent, elle ne savait plus trop quoi penser de Melanie. Quel genre de personne pouvait faire passer l'autorité que lui conférait un statut avant l'amitié ? Quel genre de personne pouvait se soucier davantage d'un facho prétentieux comme Bailey que d'une fille qui était sa meilleure amie depuis plus de cinq ans ?

Hésitante, Melanie demanda :

— Anita, tu me pardonnes pour cette heure de colle, s'il

te plaît ? Je ne pourrais pas supporter qu'on ne soit plus amies.

Ses yeux implorants croisèrent ceux d'Anita dans le miroir. Lentement, Anita posa le rouge à lèvres sur sa coiffeuse.

— Je ne sais pas, Melanie. Il faut que j'y réfléchisse.

— Mais...

— Je suis désolée. Plus tard, peut-être. Pour l'instant, j'ignore si je pourrai un jour éprouver pour toi les mêmes sentiments qu'avant.

3

— Regarde-moi ce coq ! fit Anita en désignant Ryan, qui bavardait avec trois filles de seconde.

Même à cinquante mètres, on ne pouvait pas se tromper sur son sourire satisfait.

— Elles sont folles de lui. Et il trouve ça normal, ajouta-t-elle en riant.

— Beurk ! s'écria Katerina en mimant le dégoût avec exagération. Voilà ton frère promu coqueluche des jeunes filles en fleur. Le temps passe, le cœur oublie, soupira-t-elle. C'est immuable, hein ? Toujours les mêmes têtes, le même lycée...

— Arrête ! s'esclaffa Anita. Cela fait seulement huit jours qu'on est rentrés.

— Tu oublies que je redouble ma terminale, souligna Katerina en poussant du coude son petit copain assis à côté d'elle. J'ai pas mal d'expérience maintenant, pas vrai Charlie ?

Charlie roula des yeux.

— Hin-hin-hin-hin-hin, interrompit Drazic, en rythme avec une musique thrash que lui seul entendait.

Accompagné de Bazza, un de ses amis, il se mit à marcher derrière Katerina et Charlie.

— Va voir ailleurs si on y est Drazic, dit Katerina, ça nous fera des vacances.

— Waouh ! fit Drazic avec un grand sourire.

— Qu'est-ce qu'il est nul ! Viens Charlie, commenta Katerina en entraînant son petit ami.

Drazic et ses amis, ironiques, applaudirent. À cet instant, une voiture de police franchit les grilles du lycée et se gara à côté de Ryan et de son fan-club.

— Hé, Drazic, cria Anita, voilà ton taxi !

— Bien envoyé, Anita ! s'esclaffa Charlie.

Un jeune agent et une femme policier descendirent du véhicule. La femme semblait excédée lorsqu'elle ouvrit la portière arrière.

— Dehors, ordonna-t-elle.

Anita et les autres virent une paire de longues jambes galbées émerger. La fille avait des cheveux noirs et hirsutes, un joli visage en cœur et des yeux bruns un peu bridés. Elle ne portait pour tout vêtement qu'une couverture grise, et des arabesques de peinture sur les jambes et les bras. Bien que sur son visage soit peint un masque gris et blanc donnant l'impression qu'elle sortait d'une répétition de *Cats*, elle était à l'évidence ravissante.

— Dis donc ! s'exclama Ryan, incapable d'en détacher ses yeux. Quelle entrée !

Anita s'amusa de voir que les filles de seconde autour de lui étaient suprêmement agacées.

La nouvelle venue semblait totalement indifférente à l'effet produit par son arrivée fracassante. Si quelqu'un avait arraché sa couverture, elle aurait continué à marcher tranquillement.

— Prends ses affaires, ordonna la femme policier à l'agent, avant de lancer à la fille : Suis-nous !

L'agent exhuma un vieux sac de sport du siège arrière de la voiture de police. Puis, escortée par les policiers, la fille pénétra dans l'établissement. Une cinquantaine de paires d'yeux la regardèrent disparaître.

Quelques minutes plus tard, dans la classe, les terminales se préparaient pour leur premier cours de la journée. Ce qui se résumait au tableau suivant : Drazic criait d'un bout à l'autre de la salle à Bazza qu'un tournoi de volley-ball allait avoir lieu sur la plage, Anita lisait un magazine que Katerina lui avait apporté, Ryan parlait à Charlie, les pieds sur la table, Melanie essayait de mettre de l'ordre dans ses livres pour ses trois premiers cours et le reste de la classe papotait.

— Silence ! fit Mlle Brooks en entrant.

Les élèves obéirent aussitôt lorsqu'ils s'aperçurent que leur professeur était accompagnée de la nouvelle. Sans son maquillage, en T-shirt blanc et pantalon noir, elle était très jolie. Ryan n'était pas le seul garçon de la classe à être fasciné par son charme.

— Je vous présente Mai Hem, annonça Mlle Brooks. Elle fait désormais partie de cette classe. Veuillez lui réserver un accueil agréable.

Elle sourit à Mai Hem.

— Il y a un bureau là-bas.

— Merci, mademoiselle, dit Mai.

Elle avait une voix douce et une grande maîtrise d'elle-même. Pendant qu'elle se dirigeait calmement vers son bureau, les autres lui jetèrent des regards curieux.

— Encore une face de citron, dit Drazic à voix haute à son voisin. Ras le bol !

Anita regarda comment Mai allait réagir à la provocation de Drazic. Mai le fixa droit dans les yeux et lui fit un clin d'œil.

Drazic ne savait plus où se mettre. Anita sourit. Bien joué, Mai, pensa-t-elle.

*

À la fin du cours, Melanie et Anita se dirigèrent vers la rangée de casiers des terminales. Mai était déjà là et essayait de faire fonctionner sa clef. Elles hésitèrent à l'aider. La nouvelle ne leur avait rien demandé et les ignorait superbement.

Drazic avança vers elle et donna un coup de poing magistral dans le casier qui s'ouvrit.

— Merci, dit Mai. Très efficace.

— Je sais, fit Drazic. Les clefs, c'est bon pour les lavettes.

Mai inclina la tête et le considéra d'un œil songeur.

— Je t'ai remarqué dans la classe, dit-elle.

— C'est plutôt toi qui t'es fait remarquer, aujourd'hui, dit-il en lui souriant d'une oreille à l'autre. Qu'est-ce que c'était, cette peinture corporelle ?

— Oh, fit Mai en haussant les épaules, je suis juste allée au vernissage d'une expo dans une galerie d'art, ce matin ! Sur le thème des félins. Je me disais que ce serait rigolo d'arriver en chat, de marcher à quatre pattes sur les tables en ronronnant, tu vois ?

Incontestablement, remarquèrent Anita et Melanie, Drazic voyait.

— Et les flics t'ont coffrée ?

— C'est à peu près cela.

Elle fit une grimace.

— Le propriétaire de la galerie a décidé de ne pas engager de poursuites. Mais moi je vais porter plainte contre les flics : arrestation arbitraire, discrimination raciale et agression.

— Ah, fit Drazic, impressionné, ce n'est pas la première fois que tu as affaire aux poulets, hein ?

— Non. Et toi ?

— Oh, si tu savais ! fit Drazic en riant.

— Si je savais, ça ne m'impressionnerait sûrement pas, dit Mai avec calme. Quoi qu'il en soit, l'exposition était vraiment nulle. Tu t'intéresses à l'art ?

Drazic était gonflé comme un petit coq.

— Je m'intéresse à tout ce qui est beau. En ce moment même, par exemple...

Anita vit Mai adresser à Drazic un regard songeur.

— Je suis quelqu'un de franc, déclara-t-elle. Tu veux parler d'attirance physique, n'est-ce pas ?

Drazic était aux anges.

— Exactement !

— J'aurais pu partager tes sentiments mais, s'il y a une chose pire que l'absence de déodorant, c'est un déodorant bon marché.

Elle sourit à Drazic.

— Oh, et... un petit conseil. Les brosses à dents, ça ne sert pas seulement à décrasser les bougies.

Anita et Melanie éclatèrent de rire. Écarlate, Drazic jeta un regard furibond à Mai et battit en retraite. Mai referma tranquillement la porte de son casier et s'éloigna dans la direction opposée.

Anita se sentit vaguement mal à l'aise. Drazic l'avait bien cherché, mais il y avait quelque chose de dur, d'insensible, dans la façon dont Mai Hem l'avait remis à sa place. Anita n'était pas tout à fait certaine d'éprouver de la sympathie pour la nouvelle.

*

Pendant la récréation, Melanie parla avec enthousiasme d'un nouveau projet auquel elle semblait beaucoup tenir.

— Ça va être génial, tu vas voir, assura-t-elle à Anita.

Mais son amie semblait sceptique.

— Hmm. Et combien de temps ça va prendre ?

— Oh, je ne sais pas ! fit Melanie avec impatience. Le temps qu'il faudra.

— Tout de même, le journal du lycée, ça représente énormément de boulot.

— Mlle Brooks pense qu'on peut y arriver. On se servira des ordinateurs du local informatique et elle nous laissera utiliser l'imprimante laser du bureau des profs. Il n'y a rien de sorcier.

— Elle t'a nommée responsable, c'est cela ?

Sans être exactement la chouchoute des enseignants, Melanie était le genre d'élève bien intentionnée et consciencieuse à qui on demandait fréquemment des services. Or, après le zèle dont avait fait preuve Melanie en tant qu'agent de liaison, Anita se méfiait un peu de son amie.

— Non, elle pense que le journal devrait être tenu par un comité de rédaction, s'empressa de répondre Melanie. Je voulais t'en parler en premier. Tu en seras, n'est-ce pas ?

— Euh...

— Anita, c'est l'occasion rêvée de faire réfléchir les copains à des sujets qui leur tiennent à cœur, insista Melanie. Et ça fait trois ans qu'il n'y a pas eu de journal du lycée. Ce sera une super aventure. Tu n'as pas envie d'être une journaliste à l'affût de l'info ?

Anita réfléchit.

— On pourra inclure une rubrique de mode ?

Melanie leva les yeux au ciel.

— Allons, fit Anita en riant, ose dire que ce n'est pas important.

— D'accord, d'accord, accepta Melanie. Modes et portraits d'élèves. Alors, c'est oui ?

— C'est oui.

— Bon. Tu pourrais commencer par la nouvelle.

Elles jetèrent un regard vers Mai, qui sirotait un jus de fruits, assise sur un banc. Elle était seule et cela ne semblait pas la gêner le moins du monde.

— Comment cela, je peux commencer ? Je croyais qu'il fallait un comité de rédaction.

— On en a un. Toi et moi, fit Melanie avec un grand sourire. Allez.

— Mais je ne la connais même pas !

— Qu'importe, c'est l'occasion de faire un bon papier. Écoute, rien que la façon dont elle est arrivée ce matin. Elle est nouvelle, seule et déjà en butte aux critiques parce qu'elle est asiatique.

— Apparemment, objecta Anita en riant, elle assume très bien sa solitude.

— Allez, viens, insista Melanie en se dirigeant vers Mai.

Anita la suivit à contrecœur. Mai leva les yeux à leur approche, son expression était indéchiffrable.

— Bonjour, je m'appelle Melanie Black. Et voici Anita Scheppers. Nous sommes toutes les trois dans la même classe.

— Oui, dit Mai, sans sourire.

— On voulait juste te souhaiter la bienvenue à Hartley, poursuivit Melanie.

Mai, sur la défensive, demanda :

— Pourquoi ?

Prise au dépourvu, Melanie répondit :

— Parce que ce n'est pas facile de débarquer dans une nouvelle école. Je me souviens de ma première journée à Hartley...

— Mais je ne suis pas toi, interrompit Mai. Tu es blanche, et tu as l'air de quelqu'un à qui on a appris à être poli avec les gens qui ont moins de chance que toi.

Anita et Melanie haussèrent les sourcils.

— Si tu veux faire une bonne action, continua Mai de sa voix douce, trouve quelqu'un d'autre.

Sur ce, elle se leva et s'en alla.

— C'est quoi, son problème ? demanda Melanie, stupéfaite.

— Je n'en sais rien et je m'en contrefiche. Quelle peste !

C'est alors que Ryan vint les rejoindre.

— Salut les filles.

— Si tu te dépêches, tu peux encore rejoindre ta nouvelle fiancée, dit Anita en montrant Mai qui marchait sans hâte vers le lycée. Mais méfie-toi, elle griffe.

Ryan la regarda s'éloigner.

— Tu es sûre que tu n'es pas raciste, Anita ?

— Oh, pitié !

— Hum, Ryan, fit Melanie en s'éclaircissant la gorge, nous relançons le journal du lycée et nous aimerions y faire participer le plus d'élèves possible.

— Ah oui ? dit Ryan en lui souriant gentiment. Bonne idée, Melanie, vas-y.

— Eh bien, nous... Enfin, je... tu veux bien nous aider ?

Mai avait presque atteint la porte du lycée.

— Ça ne m'intéresse pas vraiment, répondit Ryan sans cesser de la regarder. Amusez-vous bien, fit-il en les quittant brusquement.

Anita remarqua que le départ précipité de son frère avait peiné Melanie. Encore un point négatif pour Mai.

Au début du cours suivant, Mlle Brooks annonça :

— Silence ! Melanie a quelque chose à dire.

Quelques grognements fusèrent. Melanie se leva et expliqua brièvement le projet de journal.

— Ce sera un véritable magazine. Nous allons avoir besoin d'articles, de lettres, de chansons...

Tout le monde éclata de rire.

— De chansons dans un journal, tu rêves ? lança Drazic avec dédain.

— Ce qui est important, poursuivit Melanie sans se démonter, c'est que ce sera *votre* journal.

— Tu nous colles en prison si l'on n'écrit rien, la fliquette ?

Melanie continua à ignorer Drazic.

— Nous voulons savoir ce que vous pensez, ce que vous aimez...

— Des photos de pin-up ! coupa Drazic. Nous voulons Katerina !

— Ce que tu es bête, lâcha Katerina.

— Faisons la paix, embrassons-nous !

Drazic était lancé. Ses copains applaudirent.

— Quelqu'un a-t-il des idées sérieuses à proposer ? demanda Mlle Brooks, exaspérée.

Comme toute la classe se taisait, elle reprit :

— Je suis déçue. Vous ne vous rendez sans doute pas compte que, dans certains pays, la liberté de la presse n'existe pas. Partout dans le monde, des hommes et des femmes risquent la prison, ou pire, s'ils osent écrire ce qu'ils pensent. Nous vous fournissons cette opportunité et vous ne la saisissez pas parce que, pour vous, ça signifie seulement du travail en plus !

— On ne vous le fait pas dire, mademoiselle ! approuva Drazic, s'attirant un nouvel éclat de rire général.

— Eh bien, Drazic, fit sèchement Mlle Brooks, il est possible que l'idée d'émettre une opinion t'intimide. À moins que tu n'aies simplement rien à dire.

— Bravo ! Continuez, mademoiselle ! s'écrièrent Katerina et Anita, enthousiastes.

— J'ai beaucoup de choses à dire, répliqua Drazic, vexé, mais elle ne voudrait jamais les publier, ajouta-t-il en désignant Melanie.

— Comment cela ? s'offusqua Melanie. Il n'y a pas de censure, n'est-ce pas, mademoiselle ?

Mlle Brooks leva la main.

— Un instant. Drazic, si tu espères te servir du journal pour injurier les gens...

Drazic prit les autres à témoin.

— C'est bien ce que je disais, dès qu'on essaie de formuler un point de vue original, on vous coupe le sifflet. Et on appelle ça un pays libre...

— Ce n'est pas ce que je voulais, protesta Mlle Brooks.

— Vous savez, mademoiselle, reprit Drazic, si vous promettez qu'il n'y aura pas de censure, peut-être qu'on s'y intéressera, à votre journal.

— Ouais ! C'est ça, continue, Draz !

Pour une fois, Drazic avait la classe pour lui.

— Entendu, céda Mlle Brooks, pas de censure.

— Bravo ! applaudirent les élèves.

— Enfin une bonne nouvelle ! s'écria Drazic, visiblement décidé à continuer sur sa lancée. J'ai un article pour toi, Melanie.

Il se retourna et regarda Mai dans les yeux.

— Sur les Asiatiques qui envahissent notre pays, qui nous piquent nos boulots et vivent grâce à nos impôts.

— Oh, Draz, pitié, ferme-la !

— Assez, Drazic !

— Espèce de sale raciste !

— Nul, débile !

La classe de terminale ne se gêna pas pour faire savoir à Drazic ce qu'elle pensait de ses propos. Ryan jeta un coup d'œil à Mai et y alla de son petit couplet :

— Tu ne sais pas de quoi tu parles, Drazic, cria-t-il pour se faire entendre. Tu ne fais que répéter les crétineries ultraréactionnaires que tu as entendues à la télé.

Drazic se mit à rire.

— Quand tu veux, Ryan, quand tu veux !

— Silence ! ordonna Mlle Brooks.

Toujours impassible, Mai avait levé la main.

— Mai, tu souhaites t'exprimer ?

La nouvelle hocha la tête.

— Je trouve que Drazic a parfaitement raison, déclara-t-elle.

Elle réussit là où avait échoué Mlle Brooks. Sidérée, la classe se tut. Sans se démonter, Mai continua :

— J'aimerais que l'immigration des Asiatiques soit réduite de moitié. Ils n'essaient pas de s'intégrer, ils refusent d'apprendre l'anglais. Ils volent les emplois des travailleurs australiens. Plus moyen d'avoir un repas correct, la ville est envahie de restaurants thaïlandais et chinois. Et quand on va au supermarché, on trouve des légumes bizarres dont on n'a jamais entendu parler.

Elle prit à témoin Drazic, qui paraissait totalement décontenancé, et conclut en souriant :

— Il a raison, nous devons garder l'Australie pour nous autres Australiens pas vrai, Drazic ?

Il fallut un certain temps aux élèves pour comprendre que Mai plaisantait, qu'elle avait tourné en ridicule les arguments de Drazic. Alors, tout le monde se mit à rire et à applaudir. Drazic s'affala sur sa chaise et Mai se rassit tranquillement.

— Je sais qu'elle est intelligente, dit Anita à Melanie, dans la réserve, ce soir-là. Et j'aime bien la façon dont elle a rabattu son caquet à Drazic quand il a fait sa provoc raciste débile.

Elles étaient en train de déblayer la petite pièce pour en faire le local de la rédaction.

— C'est juste que je ne la sens pas trop, cette fille.

— Mum, fit Melanie en empilant de vieux magazines dans un coin. Qu'est-ce que tu dirais de *HartBeat* comme nom ?

— Pour le journal ? Pas mal.

Melanie se redressa.

— Ce sera parfait quand on aura fini de s'installer, dit-elle. On pourra transférer ici un ou deux ordinateurs du local informatique.

Quelqu'un frappa. Quand les deux amies se retournèrent, elles virent Mai debout sur le seuil.

— Qu'est-ce que tu veux ? demanda Melanie froidement.

Mai fit un pas en avant.

— Je voulais m'excuser auprès de vous. Pour ce que je vous ai dit dans la cour. Vous vouliez juste être gentilles avec moi et je me suis conduite comme une ingrate.

Anita la considéra d'un œil soupçonneux, pourtant Mai semblait sincère.

— Oh, fit Melanie, gênée, je ne me suis peut-être pas très bien exprimée...

— Non, insista Mai, c'est moi. C'est juste que je n'ai pas l'habitude de rencontrer des gens sincères. Soit ils sont carrément odieux parce que je suis asiatique, soit ils se montrent paternalistes, et je ne le supporte pas

Elle sourit, regardant alternativement Melanie puis Anita.

— Vous voulez bien me pardonner ?

Melanie et Anita échangèrent un regard.

— Bien sûr ! dit Melanie avec chaleur.

Mai leur tendit la main, qu'elles serrèrent.

— Et maintenant, reprit Mai, j'ai un article à vous proposer.

Elle tendit une feuille à Melanie.

— Ce sont juste quelques réflexions sur ma première journée à Hartley.

— Tu ne perds pas de temps, observa Anita.

Mai eut un sourire félin.

— Bah... sur un ordinateur, ça va vite.

Melanie parcourut l'article.

— C'est bien, commenta-t-elle. Anita ?

Anita lui prit la feuille des mains et commença à lire : « *Hartley est un curieux lycée, en particulier quand on le découvre de l'arrière d'une voiture de police...* »

— En effet, approuva-t-elle.

— Apparemment, tu sais écrire, constata Melanie. Pardon, se reprit-elle en fronçant les sourcils, ce n'était pas trop paternaliste, comme remarque, j'espère ?

— Non, la rassura Mai en souriant. J'aimerais bien vous aider au journal, si c'est possible. Faire des reportages, peut-être.

— Tu fais partie de l'équipe, décida Melanie.

Anita ne put qu'approuver, un peu à contrecœur car, au fond d'elle, elle avait toujours des réticences en ce qui concernait Mai.

4

Anita et Ryan traversaient la cour.

— Cette fille est jolie, concéda Anita, mais elle est bizarre.

— Je suis entièrement d'accord avec toi, sœurette, approuva Ryan.

L'objet de leur conversation arrivait de la direction opposée, son sac jeté en bandoulière. Pour la première fois, Anita se demanda où pouvait vivre Mai. Elle semblait tellement indépendante qu'on l'imaginait mal dans un contexte familial.

— Hé, Mai ! appela Ryan.

Mai s'arrêta et les attendit.

— Oui ? s'enquit-elle poliment.

— Tu connais le Shark Pool ?

— Non, qu'est-ce que c'est ?

— Presque tout le monde se retrouve là-bas, après les cours.

Il essaya de faire passer un bar-billard relativement quelconque pour l'endroit le plus branché du quartier.

— Et alors ? demanda Mai sans se laisser impressionner.

— C'est sympa pour faire connaissance avec des gens, expliqua Ryan sans grande conviction.

— Et si ça ne m'intéresse pas ?

— Je disais juste ça comme ça, fit Ryan, déconfit.

— Par contre, ajouta Mai en le regardant, ça m'intéresse de faire connaissance avec toi.

— Ah bon ?

Le visage de Ryan s'éclaira comme celui d'un enfant devant ses cadeaux de Noël.

— Pour le journal, précisa rapidement Mai. Je rédige des articles. Je peux t'interviewer ?

— Quand tu voudras, répondit Ryan, visiblement satisfait de sa petite personne.

— Maintenant ?

— Pas de problème. Que veux-tu savoir ?

— Je te conseille de choisir son sujet préféré, intervint Anita avec ironie. Ryan Scheppers, une sommité mondiale.

— Tu es nouveau ici, commença Mai. Moi aussi. J'aimerais connaître ton point de vue sur Hartley.

— Eh bien...

Ryan s'attendait à ce qu'elle fouille dans son sac pour prendre un carnet et un stylo, comme tout bon journaliste.

— Tu ne prends pas de notes ?

— Oh, non, jamais ! Alors, quelle est ton impression sur ce lycée ?

— Un lycée, c'est un lycée, éluda Ryan. Il y a toujours des choses qui déplaisent. On essaie juste de faire en sorte que ça soit supportable.

Mai haussa les sourcils.

— Donc, tout va bien à Hartley pour Ryan Scheppers ?

— Attends, corrigea vivement Ryan, je n'ai pas dit ça...

— Relax, fit Mai d'un ton qui n'était pas particulièrement sympathique. Centres d'intérêt ?

— M'amuser, répondit Ryan, plus à l'aise.

Il sourit tandis qu'Anita roulait des yeux.

— Tu as l'air assez athlétique, remarqua Mai. Tu pratiques des sports ?

— Oh, juste pour jouer, comme ça ! Je ne suis pas trop du genre sport d'équipe.

Ryan la regarda droit dans les yeux.

— Ça me plaît, dit Mai. Une petite amie ?

— Personne en particulier. Pour l'instant.

— Ambitions ?

— Rencontrer la femme de ma vie.

Mai le regarda, amusée.

— Merci, dit-elle.

— Euh... C'est terminé ?

— Pour l'instant. J'aurai peut-être encore quelques questions. Salut.

Avec un dernier sourire, elle s'éloigna, laissant Ryan comme deux ronds de flan. Anita comprenait sa stupeur. Le comportement de Mai semblait parfaitement incohérent. À quel manège se livrait-elle ?

*

Huit jours plus tard, le premier numéro du journal, intitulé *Hartbeat*, était sur le point de sortir : il consistait en huit pages d'informations sur Hartley. Melanie et Mai avaient rédigé la plupart des articles de fond, tandis qu'Anita avait fourni des notes pour la rubrique mode et les photographies de quelques élèves parmi les plus branchés.

D'autres élèves de terminale avaient été recrutés, suppliés, forcés ou ralliés pour différentes missions ; même Ryan avait rédigé à la hâte deux paragraphes sur le basket. (Détail déprimant, Melanie était certaine qu'il ne se serait jamais donné ce mal si Mai en personne n'était venue le lui demander.) Malgré ses revendications libertaires, Drazic n'avait pas collaboré d'une virgule, ce qui n'avait nullement surpris la rédaction.

— Tu penses, avait proféré Melanie d'un ton cinglant, il est bien incapable de pondre un article.

Elles avaient persuadé Charlie, le fou d'informatique de la classe, de s'occuper de la maquette : cela n'avait pas été bien difficile car il était convaincu qu'avec un logiciel de

PAO correct, n'importe qui pouvait être Rupert Murdoch et il mourait d'envie qu'on lui en donne l'occasion.

En fin d'après-midi, Melanie, Anita et Mai se réunirent autour de Charlie pour admirer le fruit de son travail.

— Ce n'est pas exactement la qualité des rotatives, commenta Charlie quand la première page sortit de l'imprimante, mais ce n'est pas mal.

Le titre s'étalait en gros caractères :

HARTBEAT
TOUT CE QUE VOUS AVEZ TOUJOURS VOULU SAVOIR SUR HARTLEY.

— Exact, déclara Melanie en survolant la copie de son éditorial. Qu'est-ce que ça donne, question mise en page, Charlie ?

— Impeccable. Avec ce logiciel, on peut balancer les photos directement sur la page. Regardez !

Il pianota sur quelques touches.

Pendant ce temps, Melanie avait donné son éditorial à relire à Mai.

— Qu'est-ce que tu en penses ? demanda-t-elle au bout de quelques instants.

— C'est gentil, dit Mai. Mais c'est là le problème, non ?

— Comment cela ? s'exclama Melanie avec anxiété. J'ai juste voulu exprimer quelques généralités sur le lycée.

— C'est louable. Mais j'ai beau n'être là que depuis dix ou quinze jours, tout n'est pas rose, ici. Tu n'es pas d'accord ?

— Si, bien sûr, concéda Melanie prudemment.

— Eh bien, fit Mai avec un haussement d'épaules, je croyais que le journalisme consistait à rapporter les faits objectivement. Bon, c'est ta prose, fais comme tu veux.

Melanie parut douter.

— Je vais le revoir, décida-t-elle.

Mai hocha la tête.

— À propos, dit-elle en tendant une autre liasse de feuillets à Melanie, voici mes articles. Donne-moi ton avis ?

— Tu as écrit tout ça ? demanda Melanie, sincèrement impressionnée.

— J'en ai donné aussi une copie à Mlle Brooks, ajouta Mai. Nous voulons tenir les profs au courant, non ?

— Bien vu, approuva Melanie.

— Dites, les filles, intervint Charlie, il nous faudrait un peu plus de matière, là.

— Plus de matière ? soupira Anita.

— Oui, regardez.

Charlie indiqua une demi-colonne vierge.

— Qu'est-ce qu'on fait ? demanda Melanie en se tournant vers Mai.

— C'est toi la rédactrice en chef, déclara Anita, qui commençait à être agacée de voir Melanie laisser Mai prendre le journal en charge. Je peux faire une autre interview si tu veux.

— D'accord, mais quelqu'un de pas banal.

Peu après, Anita appela Katerina dans la cour.

— Je voudrais juste te poser quelques questions... sur toi, d'accord ?

— Bien sûr, répondit Katerina avec plaisir, comme l'avait escompté Anita. Demande-moi tout ce que tu veux.

Anita chercha une question originale.

— Qu'est-ce que ça fait de redoubler sa terminale ?

— Quoi ! s'exclama Katerina, outrée.

— Tu m'as dit que je pouvais te demander tout ce que je voulais.

— Tu veux me faire passer pour une demeurée, c'est ça ?

— Bien sûr que non !

— Tu veux que tout le lycée sache que je suis une tache, que j'ai été trop nulle pour l'avoir, ce fichu examen ?

Anita commençait à regretter d'avoir posé cette question.

— Eh bien tu vois, poursuivit Katerina, ce n'est pas parce que j'ai échoué à un examen que je suis une ratée, et c'est pour le prouver que je suis revenue ! D'ici la fin de l'année, je serai prête, parfaitement prête, et je peux te dire que mon diplôme, je l'aurai haut la main !

— Bravo ! s'exclama Anita, qui écrivait fiévreusement. C'est une super réponse. Une réponse inspirée.

— Ah bon ?

Katerina fronça les sourcils, dubitative.

— Absolument, déclara Anita en refermant son carnet. Tu as le courage de persévérer, d'affronter les moqueries. C'est formidable.

— Si tu le dis.

— Anita ?

Mai approchait.

— Excuse-moi, tu es encore en train d'interviewer Katerina ?

— J'ai fini.

— Je voudrais voir ton article dès que tu l'auras terminé, c'est tout, dit Mai rapidement.

— Mais c'est Melanie la rédactrice en chef, objecta Anita.

— Melanie m'a demandé d'être correctrice.

— Ah oui, vraiment ? fit sèchement Anita. Merci de m'en informer.

Katerina considérait Mai d'un air songeur.

— Correctrice, hein ? Et bientôt, ce sera toi qui seras aux commandes.

— Qui te dit que j'en ai envie ? répliqua Mai.

Katerina éclata de rire.

— Avoue que cela t'a traversé l'esprit.

— Tu ne me connais même pas.

— Je sais tout de même pas mal de choses sur toi, répondit Katerina, sérieuse. Tu aimes manipuler les gens, n'est-ce pas ? Anita et Melanie sont de grandes filles, elles savent très bien se débrouiller toutes seules.

« Manipulatrice », c'était exactement le terme qui s'appliquait à Mai, réalisa Anita. Katerina avait visé juste.

— Stupéfiant, dit Mai à Katerina. Tu ouvres la bouche et tu dis ce qui te vient à l'esprit, sans même réfléchir. Ça me plaît.

— Ne t'inquiète pas, dit Anita à Katerina tandis qu'elles regardaient Mai s'éloigner. Nous ne la laisserons pas nous damer le pion.

*

— C'est excellent ! s'écria Melanie, aux anges.

Anita, Mai et elle relisaient les articles.

— Charlie, tu es un génie !

— Mmm.

Toujours penché sur son ordinateur, Charlie ne leva même pas le nez de l'écran.

— Si je me trompe de format, l'imprimante ne va pas apprécier.

— Les rotatives se mettront en marche à sept heures trente demain matin, annonça Melanie.

— Les rotatives ? répéta Anita.

— Enfin, la photocopieuse, si tu préfères. Mais ça fait plus pro !

— Si on a de la chance, intervint Charlie.

— Je trouve qu'on devrait aller fêter ça au Shark Pool, proposa Melanie. Tu viens avec nous, Mai ?

Une fois encore, Anita fut agacée. Melanie commençait à traiter Mai comme une amie.

— Partez devant, dit Mai. Je voudrais juste relire une dernière fois mon article « Nouvelle venue ».

— Pour quoi faire ? Il est très bien.

— Je crois que je peux le rendre plus vivant. Et j'aimerais jeter un coup d'œil à un ou deux autres papiers aussi.

— Mais on a déjà corrigé les épreuves, protesta Melanie. Et je dois les déposer sur le bureau de M. Bailey.

— Pourquoi ? s'étonna Anita.

Melanie parut légèrement mal à l'aise.

— Il a juste dit qu'il voulait y jeter un coup d'œil.

— Mais Mlle Brooks avait promis qu'il n'y aurait aucune censure, non ?

— Je ne pense pas qu'il y en aura.

— Tu plaisantes ? s'indigna Anita. Ce type est un vrai facho, ce n'est pas un secret. Qu'est-ce qui te fait croire qu'il ne va pas nous demander de changer des trucs ?

— Pour l'instant, il n'a rien fait, se défendit Melanie.

— Et pour cause, il n'a rien vu ! Melanie, tu aurais pu lui dire que...

— Hé, du calme, les filles, intervint Charlie. On a un journal à sortir, ce n'est pas le moment de se disputer, OK ?

Anita respira un grand coup.

— OK.

Anita se rendit au Shark Pool de son côté ce soir-là, pleine d'appréhension. La première personne qu'elle vit fut Melanie qui regardait Charlie et Katerina jouer au billard.

— Comment ça s'est passé ?

— Très bien, répondit Melanie. Bailey trouve ça formidable.

Elle semblait soulagée, presque heureuse. Katerina, qui attendait de jouer, entendit sa remarque.

— C'est peut-être mon ego démesuré, mais je suis excitée de figurer dans le journal du lycée. Il faudra que j'en envoie un exemplaire à maman.

Elle éclata de rire.

— Elle va en parler à toute la famille et ils en réclameront tous un. Je ferais mieux de passer une commande en gros.

— La célébrité, enfin... fit Anita.

Melanie se tourna vers son amie.

— Alors, que penses-tu de notre travail avec Mai ?

— Eh bien, répondit lentement Anita, elle est très ambitieuse. Et très sûre d'elle.

— Moi je l'aime bien. Elle bosse, elle n'a pas froid aux

yeux et elle est douée. On n'aurait jamais sorti le journal aussi vite sans elle.

— C'est possible, concéda Anita, essayant d'être juste. Mais, à ta place, je n'essaierais pas de convaincre Katerina. Elle n'a pas confiance en Mai.

Et moi non plus, songea-t-elle.

— C'est son problème, fit Melanie en haussant les épaules.

Anita aperçut la tête blonde de Ryan de l'autre côté de la salle et lui fit signe. Il vint les rejoindre.

— Alors ça y est ? Ce journal voit le jour. Félicitations.

— Merci, répondit Melanie, rayonnante.

— Si vous cherchez toujours des volontaires, je suis partant, ajouta-t-il.

— Super !

Melanie était ravie.

— Je commence quand ?

— À sept heures et demie demain matin. Nous avons deux cent cinquante exemplaires à imprimer.

— Mai sera là ? demanda Ryan.

Melanie hésita avant de répondre.

— Euh... oui.

— Tant mieux. Au fait... tu sais où elle habite ?

— Non, répondit rapidement Melanie.

— Eh bien, à demain matin alors, sept heures et demie, conclut Ryan en retournant à la partie de billard.

— Bonne chance pour l'impression, dit Katerina peu après en prenant un café avec Anita. Ne laissez pas la reine de Saïgon s'attribuer tout le mérite.

*

Anita traversait la cour, un grand sourire aux lèvres. Un peu plus tôt, Charlie et elle avaient distribué un exemplaire de *Hartbeat* à tous ceux qui franchissaient les grilles. On se les était arrachés. Et tous les élèves le feuilletaient, seuls ou en petits groupes. Apparemment, ils le lisaient vraiment. Pour la première fois, elle eut le sentiment que tout leur travail en valait la peine.

— Salut ! lança-t-elle gaiement à Katerina qui venait vers elle, un exemplaire à la main. Ton interview t'a plu ?

Katerina la toisa d'un œil glacial.

— Je te croyais mon amie et tu me poignardes dans le dos, lâcha-t-elle froidement. Je n'aurais jamais cru que tu pourrais me faire une chose pareille.

Anita écarquilla les yeux.

— Et comme si ça ne suffisait pas de me traiter d'imbécile, continua Katerina du même ton grave et menaçant, il a aussi fallu que tu me fasses passer pour une salope.

— Qu'est-ce que tu racontes ?

— Pas la peine de faire l'innocente.

Anita lui arracha le magazine des mains et se figea, horrifiée. En gros : « LA SURDOUÉE DU SEXE ÉTAIT NULLE EN MATHS », suivi d'un sous-titre : « Comment le plaisir m'a coûté un an de ma vie ».

— Tu te rends compte que tout le lycée est en train de rire de moi, j'espère ? siffla Katerina.

— Mais... bredouilla Anita. Ce n'est absolument pas ce que j'ai écrit.

— Qu'est-ce que tu me chantes ? C'est toi qui m'as interviewée.

— Oui, mais... Kat, tu ne vas tout de même pas me croire capable d'une monstruosité pareille ?

Le visage de Katerina s'adoucit.

— Qui, alors ?

Elles se regardèrent, réalisant au même moment qu'une seule personne pouvait en être responsable.

— Mai, murmura Anita. C'est elle la correctrice.

— Et ce que je lui ai dit lui est resté en travers de la gorge.

— Sûrement. Est-ce que Melanie a vu le journal ? demanda soudain Anita.

Melanie marchait lentement vers elles, livide, un exemplaire de *Hartbeat* entre ses mains crispées.

— Vous avez lu la première page ? Mon édito ?

— Pas encore.

— M. Bailey l'a lu, lui. Je sors de son bureau.

Elle émit un son à mi-chemin entre le soupir et le sanglot.

— Il dit que je les accuse, lui et le personnel enseignant, de racisme.

— Quoi ? s'exclama Anita en lui arrachant le journal. « Des tendances doctrinaires qui prennent racine au sommet de la hiérarchie... pèsent sur le quotidien de *Hartley* ». Mon Dieu ! Qu'est-ce que tu lui as répondu ?

— Que voulais-tu que je dise ? Mon nom figure en bas de l'article.

— Mais ce n'est pas toi qui l'as écrit, protesta Anita. Pas plus que je n'ai rédigé l'interview de Kat.

Melanie n'écoutait pas.

— Bailey croit que je lui ai donné une copie édulcorée des épreuves hier pour le berner. Il dit que je suis stupide, infantile et lâche.

— Oh... tu ne vas pas rester plantée là et encaisser ses insultes, tout de même ! s'indigna Katerina.

Melanie se contenta de hausser les épaules, ce qui mit hors d'elles Katerina et Anita.

— Dis-lui que tu es rédactrice en chef, Melanie, conseilla Anita, mais que tu n'endosses pas la responsabilité de ce torchon. Je ne sais pas pourquoi Mai a fait ça – car nous savons toutes que c'est elle – mais regarde le résultat ! Tu es là, dans le rôle de la sacrifiée, tu la laisses bousiller ta réputation sans rien dire.

— À moins que tu n'aies *désiré* tout ceci, bien sûr, interrompit Katerina.

Melanie fondit en larmes.

— Je ne savais rien, elle a tout fait derrière mon dos !

— Hé, du calme, du calme, tempéra Katerina. La question qui se pose, c'est : qu'est-ce que tu vas faire ?

— Je n'en sais rien, marmonna Melanie.

— En tout cas, décida Anita, allons déjà voir Mai.

Elle prit la tête du trio. Elles trouvèrent Mai devant la porte de la classe. Seule, comme à l'accoutumée, Mai était penchée sur son sac et en sortait ses livres. Elle se redressa en les voyant approcher.

— Bonjour, dit-elle avec calme. Le premier exemplaire a fait sensation, non ?

Anita, Melanie et Katerina la dévisagèrent fixement.

— Sensation, oui, fit Katerina avec sarcasme. Quatre-vingts pour cent des élèves trouvent ça fabuleux de voir ma vie privée étalée dans le magazine. Et je parie que Drazic et les vingt pour cent restants sont partis tabasser le premier Asiatique qui leur tombera sous la main. J'espère que tu es contente.

— Mai, demanda Anita, pourquoi as-tu fait ça ?

Mai haussa les sourcils.

— J'ai relu les articles. Ils avaient besoin d'être remaniés et je m'en suis chargée. Tu étais déjà partie, Melanie, sinon nous en aurions parlé.

— Tu sais très bien que je n'aurais pas été d'accord !

— Tu ne trouves pas qu'il y a du racisme à l'école, peut-être ? Ouvre un peu les yeux !

— Tu as piégé Melanie, s'écria Anita avec colère. C'est elle qui va écoper pour toi !

— Je ne cherche pas à ce qu'on me couvre, dit Mai avec calme. Je voulais juste dire la vérité. Je croyais que c'était notre objectif à tous.

Cette fois, Anita craqua.

— Tu aimes la vérité, hein ? cria-t-elle. Eh bien en voici quelques-unes. Tu as manipulé Melanie et tu m'as fait un sale coup en traître. Et tu t'es servie du journal pour te venger de Katerina.

Impassible, Mai demanda :

— C'est tout ?

— Tout ce qui t'amuse, c'est de semer la zizanie, accusa Katerina.

— C'est vrai, n'est-ce pas ? fit Melanie.

— Quelqu'un a quelque chose à ajouter ? demanda Mai. Allez-y, videz votre sac. Je ne suis qu'une sale Jaune, pas vrai ?

— Pas de ce racisme primaire avec nous, rétorqua Anita. Ça n'a rien à voir avec la couleur de ta peau.

— Vous êtes tous racistes ! s'écria Mai qui, pour une fois, paraissait réellement en colère. Vous n'avez pas le cran de l'admettre, c'est tout. Vous n'êtes qu'une bande d'hypocrites.

Mai avait parlé avec une telle véhémence que les autres se turent.

— Je voulais juste dénoncer ce qui se passe dans ce lycée, et que tout le monde sait, ajouta-t-elle en reprenant son calme habituel. Le racisme existe à Hartley, ce n'est pas la peine de le nier. Mais en ce qui concerne le magazine, je suis toute disposée à aller trouver M. Bailey. Je vais lui dire que c'est moi qui ai modifié les articles, Melanie, et pas toi. Et je lui dirai aussi probablement pourquoi.

Melanie soupira, soulagée.

Anita n'en revenait pas. Elle s'était plus ou moins attendue à voir Mai nier, ou éluder l'attaque avec ironie. Elle n'aurait jamais cru qu'elle réagirait ainsi.

Plus tard dans la journée, Melanie, Mai et Anita furent convoquées dans le bureau du proviseur intérimaire.

— Mai m'a expliqué qu'elle était entièrement responsable de la forme définitive de ces articles. J'ai donc décidé de vous laisser poursuivre votre journal, annonça-t-il. Je continue à considérer que ce premier exemplaire est lamentable et j'ai mis Mai en retenue. Mais j'estime que le principe de liberté d'expression est fondamental.

Melanie et Anita échangèrent un regard. Décidément, c'était la journée de toutes les surprises.

— Je vous impose naturellement certaines conditions, désormais, reprit M. Bailey en faisant claquer ses mains sur son bureau. Je veux une *authentique* épreuve du journal la veille de sa parution. Le jour de la publication, un membre du personnel enseignant vérifiera les pages au fur et à mesure qu'elles sortiront de l'imprimante. Et vous avez intérêt à ce qu'elles soient identiques aux épreuves.

Anita hocha la tête, sidérée et soulagée de s'en tirer à si bon compte. Pourtant, Melanie avait une objection à soulever.

— Et le contenu ? demanda-t-elle.

— Si cela ne me plaît pas, vous le supprimerez.

— Mais monsieur, c'est de la censure. C'est injuste. Et si nous décidions d'un comité de contrôle composé de deux élèves et de deux professeurs, par exemple ?

Elle sourit.

— Vous pourriez en faire partie, monsieur ? S'il vous plaît.

— Accordé, dit le proviseur.

Anita était impressionnée par les aptitudes diplomatiques qu'elle découvrait subitement chez son amie.

— Et nous tenons à poursuivre le débat sur le racisme dans le prochain numéro, continua Melanie.

— Quoi ? s'exclama M. Bailey. Je pensais que l'on allait enfin clore le sujet jusqu'à nouvel ordre.

— Les élèves ont envie d'exprimer leurs opinions, monsieur, insista Melanie. Il faut leur laisser la parole.

— Mmm, fit M. Bailey en fronçant les sourcils. D'accord, cela me paraît juste. Mais j'examinerai de près tout ce qui sera imprimé sur la question. Vous pouvez partir, maintenant.

— Oui, monsieur, dirent Melanie et Anita.

À la porte, Mai se retourna.

— Ce n'est pas exactement la liberté de la presse, n'est-ce pas, monsieur ?

M. Bailey la fixa un long moment.

— Mademoiselle Hem, dit-il enfin, dans certains pays asiatiques, si vous écriviez ce qui a été publié dans le journal du lycée, vous seriez incarcérée, peut-être à vie. Cela se passe de commentaire, il me semble.

C'est curieux comme on peut se tromper alors qu'on croit connaître les gens, songea Anita en quittant le bureau du proviseur. M. Bailey, le petit dictateur de Hartley, était la dernière personne qu'elle aurait crue capable de se montrer équitable. Quant à Mai... Bien sûr, elle avait semé la pagaille mais, apparemment, c'était surtout pour faire entendre un point de vue légitime. Et puis, elle avait admis sa responsabilité pour ne pas faire punir quelqu'un d'autre à sa place. Quant à Melanie...

Dehors, Mai dit à Melanie d'un ton admiratif :

— Tu as été parfaite.

Merci, fit Melanie en rosissant de plaisir. Mai, tu veux bien continuer à travailler pour le journal ?

— Je croyais qu'Anita et toi, vous me considériez comme l'ennemie publique numéro 1.

— Eh bien... fit Anita, hésitante.

Elle décida d'être sincère. Après tout, Mai elle-même avait mis un point d'honneur à dire le fond de sa pensée.

— Je n'irais pas jusqu'à affirmer que nous te faisons confiance, mais nous devons admettre que tu as une belle plume.

— La meilleure, tu veux dire, ajouta Melanie. Alors ?

Mai éclata de rire.

— Merci, mais je préfère arrêter. Le journal, c'est plutôt votre truc.

Elle sourit et s'éloigna.

Anita et Melanie se regardèrent.

— Tu crois qu'elle agit toujours comme ça ? demanda Anita. Tout chambouler puis passer à autre chose ?

— Ça ne m'étonnerait pas.

Lorsqu'elles quittèrent le lycée ce jour-là, Anita aperçut son frère devant la grille. Elle vit Mai se diriger vers lui, lui parler puis s'éloigner. Ryan semblait abattu.

Je parie que tous les garçons qui approchent Mai font cette tête-là, tôt ou tard, songea-t-elle.

5

Anita marchait lentement vers le lycée en lisant *Les Temps difficiles* de Charles Dickens. Elle n'appréciait pas particulièrement le roman, ni son auteur d'ailleurs, mais Mlle Brooks menaçait la classe d'un devoir et Anita avait à peine parcouru l'ouvrage. *Ce que je veux, maintenant, ce sont des faits. Enseigner à ces garçons et ces filles des faits, rien que des faits...* Ce qu'elle voulait, elle, c'était demander à Melanie quelle forme prendrait le prochain numéro de *Hartbeat*, mais il allait falloir attendre un peu : la question du racisme à Hartley était provisoirement évincée par la révolution industrielle en Angleterre.

Soudain, Drazic passa à côté d'elle sur ses rollers. Il la frôla et elle faillit perdre l'équilibre.

— Ouaiiiiis !

Avec une coudée d'avance sur son copain Brazza, Drazic atteignit le mur et brandit un poing victorieux.

— Tu es vraiment trop nul, Drazic ! lança-t-elle. Tu ne peux pas regarder où tu vas ?

— Qu'est-ce que j'ai fait, encore ? demanda Drazic d'un air ébahi.

Voyant que toute discussion serait inutile, Anita franchit la grille du lycée en poussant un soupir excédé.

L'incident l'avait vraiment agacée, et elle se demandait au juste pourquoi. Après tout, c'était typique de Drazic, ce genre de comportement, il faisait ça à quelqu'un au moins une fois par semaine. Pourtant, cette fois, curieusement, sa nonchalance la mettait hors d'elle.

Anita posa ses livres sur son bureau, prête pour le cours de littérature de Mlle Brooks. Drazic n'était pas plus insupportable qu'il ne l'avait été durant tout le trimestre. Plutôt même plus calme que d'habitude, en fait. Mais son attitude était systématiquement provocatrice. Avec Mai, par exemple. Pensait-il sincèrement tous les propos racistes qu'il avait tenus ou cherchait-il simplement à la déstabiliser ? Quand Mai l'avait remis à sa place, Anita avait presque éprouvé de la compassion pour lui ; sous son air furieux, il avait paru blessé. Qu'est-ce qui pouvait bien se passer dans la tête de Drazic pour justifier son comportement ? Une pensée stupéfiante lui traversa l'esprit : serait-elle sur le point de le trouver sympa ?

Enfin, du moins, jusqu'à ce qu'elle le revoie à huit heures trente ce matin-là. Ce qui prouvait ce qu'elle savait depuis toujours, que Drazic était Drazic. Un crétin prêt à tout pour se faire remarquer. Rien de plus.

Mlle Brooks entra et le cours débuta.

— Alors, demanda-t-elle, qui peut me parler des *Temps difficiles* de Dickens ?

— Les temps difficiles, dit Drazic, c'est avant que la fille accepte de coucher, pas vrai, les gars ?

Un ou deux de ses copains gloussèrent docilement.

— Tu es dégoûtant, lâcha Anita.

Le regard innocent que lui renvoya Drazic ne fit que l'exaspérer davantage.

— Drazic, fit Mlle Brooks en lui adressant un de ses plus beaux sourires ironiques, je me réjouis que tu aies des points communs avec Dickens, même s'ils se situent en dessous de la ceinture.

Elle attendit que les rires cessent pour poursuivre :

— Profitons-en, tu vas commencer la lecture pour nous. À partir du premier chapitre, s'il te plaît.

Les copains de Drazic sifflèrent « Ouais, vas-y, Draz ! » tandis que les élèves les plus consciencieux grognaient.

Drazic se leva. Pour une fois, il semblait peu désireux d'être le point de mire, ce qui surprit Anita. Lentement, il ouvrit le livre, s'éclaircit la gorge et commença :

— *Shuma uza gonna set gumby branic...*

Des rires, des applaudissements et des sifflements fusèrent de tous les coins de la classe. Mlle Brooks attendit que le silence revienne avant de demander :

— Peut-on savoir ce que c'était exactement, Drazic ?

— Du vieil anglais, sans doute, mademoiselle, répondit Drazic de sa voix habituelle de frimeur. Hoooo ! roucoula-t-il avant de retourner, très lentement, le livre dans l'autre sens. Aha !

Il fut récompensé par de nouveaux sifflements et applaudissements. Anita en avait par-dessus la tête de son numéro.

— On en a assez de tes gamineries !

— C'est bien dommage, répliqua Drazic.

— Ça suffit, Drazic, ordonna Mlle Brooks, visiblement à bout, elle aussi. Tu prends la porte. Tout de suite !

L'air très satisfait de lui, Drazic referma son livre et sortit en faisant un signe à ses copains.

Il était présent au cours suivant, sciences naturelles avec M. Bailey. Le proviseur s'engouffra dans la classe et distribua aussitôt des sujets de travaux pratiques. Anita jeta un coup d'œil sur sa feuille. Apparemment, M. Bailey avait au moins pris conscience qu'un large pourcentage de la population s'intéressait à l'environnement.

— Vous allez travailler en équipes de deux, annonça-t-il, mais vous serez notés individuellement. Vos notes seront additionnées et je ferai la moyenne.

Pas de problème, songea Anita. Elle se mettrait en binôme avec Melanie, comme d'habitude. Le léger froid qui persistait entre elles ne devrait pas les empêcher de cogiter en commun et elles trouveraient sans difficulté un bon projet, toutes les deux.

— Votre projet peut porter sur la question écologique de votre choix, précisa M. Bailey. Oui, Drazic ? demanda-t-il en voyant la main levée.

— Comme par exemple les effets néfastes de l'enseignement secondaire sur des adolescents en pleine croissance, monsieur ?

Les éclats de rire escomptés fusèrent. Le proviseur garda son calme.

— Ou par exemple une heure de colle, Drazic ?

Sans attendre que Drazic trouve une réponse appropriée, M. Bailey enchaîna :

— Bien, voyons quels partenaires vous allez choisir.

Anita remarqua Ryan qui faisait un signe à Mai.

— Anita et moi aimerions travailler ensemble, monsieur, fit Melanie.

— Pas cette fois, Melanie, dit M. Bailey. Vous allez faire équipe avec Mai.

— Mais ce n'est pas juste, monsieur ! se plaignit Anita.

Ryan paraissait très déçu, lui aussi.

— Un peu de changement vous fera du bien à toutes les deux.

— Avec qui vais-je faire mon devoir, alors, monsieur ? demanda Anita.

— Avec Drazic.

— Drazic ? Vous plaisantez ?

Indifférent à sa réaction peu flatteuse, son nouveau coéquipier lui adressa un grand sourire.

— Assez discuté, Anita, dit aimablement M. Bailey. Quant aux autres...

Anita et Melanie se retrouvèrent ce soir-là devant les casiers, furieuses toutes les deux.

— Quelle peau de vache, ce Bailey... me faire un coup pareil ! fulmina Anita en sortant son livre de maths. Qu'essaie-t-il de prouver ? Toi, Melanie, tu t'en sors plutôt bien.

Au moins, Mai est intelligente. Drazic, lui, c'est un vrai demeuré !

Clac !

De l'autre côté de leurs casiers, une porte claqua si violemment que toute la rangée en fut ébranlée. Anita leva les yeux et s'attira un regard incendiaire de Drazic. Il tourna les talons et s'éloigna d'un pas vif.

— Oh, non, se lamenta Anita, la gaffe !

— Ne t'angoisse pas, ce n'est que Drazic.

— Je ne voulais pas dire...

— Laisse tomber. Drazic n'y pense sûrement déjà plus, conseilla Melanie. Il est à peu près aussi sensible qu'un mur de brique.

Anita n'en était pas si certaine. Elle s'en voulait beaucoup.

En fin de journée, Anita se rendit au Shark Pool où elle était presque sûre de trouver Drazic. Il était là, en effet, dans un coin près de la table de billard, apparemment concentré sur son jeu. Anita respira un grand coup et vint vers lui.

— Salut, dit-elle.

Drazic la regarda mais ne répondit pas.

— Je pensais qu'on pourrait parler de ce projet, tu sais, les mares qui se forment entre les rochers. Qu'est-ce que tu en dis ?

Indifférence glaciale.

— Drazic !

Il la regarda, ses yeux bleus brillants, puis se retourna pour se concentrer sur son coup.

— Tu sais, ce que j'ai dit tout à l'heure... commença Anita.

Drazic envoya la boule sans relever les yeux. Évidemment, songea Anita, tu ne vas pas me faciliter les choses, normal.

— Eh bien, je suis désolée.

Drazic se contenta de hausser les épaules.

— Sincèrement, reprit Anita. Mes paroles dépassent ma pensée, parfois.

Enfin, il réagit. Il posa sa queue de billard sur la table et s'assit sur une chaise à côté.

— Je m'en remettrai, dit-il. Laisse tomber.

Il sourit. Encouragée, Anita s'assit à côté de lui.

— C'est quoi, ton histoire de mares ?

— Je me disais que ça pourrait être marrant de choisir ça comme projet, dit Anita enthousiaste.

Il haussa les épaules.

— Au moins, c'est en plein air.

— Exact. J'ai retrouvé un article portant sur ces mares qu'on trouve à marée basse ; il remonte à des années.

Drazic hocha la tête.

— On pourrait peut-être faire une étude comparative, voir si la pollution a joué un rôle.

Drazic ne répondit pas tout de suite. Il se pencha en avant et posa ses mains sur celles d'Anita.

— Et si on faisait de vraies recherches, toi et moi ?

Surprise, Anita se dégagea.

— Qu'est-ce que tu fabriques ?

— Des recherches en matière de dégustation labiale, hein ? fit Drazic en souriant.

— Tu es répugnant !

Drazic éclata de rire.

Anita sauta sur ses pieds si rapidement qu'elle renversa sa chaise. Aussi dignement que possible, elle se dirigea vers Melanie et Katerina. Tout le monde avait assisté à la scène, bien sûr.

— Drazic tout craché, commenta Katerina.

— Je me doutais bien que ce serait une perte de temps, ajouta Melanie.

Anita ramassa son sac à dos.

— Où vas-tu ? demanda Katerina.

— À la maison. N'importe où, dit Anita en quittant le Shark Pool sans se retourner.

— Non, Anita, dit M. Bailey dans son bureau le lendemain matin avant les cours. On ne change pas de partenaire.

— Mais... je ne peux pas travailler avec Drazic, monsieur ! protesta Anita.

— Il le faudra bien. C'est à l'image de la vie. Souvent, on est contraint de côtoyer professionnellement des gens qui, à priori, ne nous intéressent pas.

— Mais, monsieur...

— C'est non, le sujet est clos.

*

Cet après-midi-là, Anita était assise sur le sable face à la mer. En temps normal, elle aurait aimé ces deux heures de cours consacrées aux travaux pratiques écologiques, d'autant plus que cela lui donnait un prétexte pour être à la plage. Mais elle était trop irritée pour les savourer.

Elle classa ses notes et poussa un soupir. Être obligée de travailler avec Drazic, quel cauchemar ! Depuis son entretien avec M. Bailey, Anita avait réfléchi à un moyen de travailler sans lui. Son seul espoir était qu'il renonce à venir à la plage, afin qu'elle puisse dire au proviseur que son associé était un incapable sur lequel on ne pouvait compter. Alors, il serait bien obligé d'en tenir compte.

Elle jeta un coup d'œil à sa montre. Drazic avait dix minutes de retard. Tant mieux. Elle lui donnait encore cinq minutes et ensuite...

Une ombre tomba sur son cahier. Elle leva les yeux.

— C'est trop sympa d'être venu, lâcha-t-elle avec sarcasme.

— Comme si ça m'enchantait, répliqua Drazic.

Il s'assit et commença à enlever ses chaussures et ses chaussettes.

— Allez, finissons-en, marmonna-t-il de mauvaise humeur.

Il n'était pas plus ravi qu'elle de cette collaboration forcée.

— Tu ne m'aimes pas, hein ? demanda-t-elle.

Sans répondre, Drazic se plongea dans la contemplation de l'horizon. Anita consulta ses notes.

— Il devrait y avoir des mares de ce côté, dit-elle.

— Je vais trop loin, parfois, dit Drazic à brûle-pourpoint.

— Quoi ?

— Il faut me prendre comme je suis, OK ?

Anita mit quelques instants à comprendre que c'était sa façon de s'excuser pour sa conduite au Shark Pool. Il n'était donc pas capable de dire : « Je suis désolé » ?

En silence, ils marchèrent le long de la plage jusqu'à la mare la plus proche. Elle était grande et peu profonde. Anita se pencha. De petits crabes bleus s'affairaient au milieu des rochers, produisant de fins nuages de sable.

— Regarde.

— Bah, trois crabes et quatre bidules qui se courent après.

Visiblement, Drazic n'était pas sensible au charme de la nature.

— Tu es désespérant, commenta Anita.

— Qu'est-ce qu'on cherche au juste ? Ah, oui, des traces de pollution.

Drazic fronça les sourcils.

— À l'évidence, tous les crabes ont maintenant dix pattes, dit-il dans une imitation réussie d'un célèbre présentateur de documentaires animaliers. C'est à cause de toute la merde qu'on a balancée dans l'Océan.

— Un peu de maturité, Drazic ! fit Anita, mais elle ne pouvait s'empêcher de rire.

Drazic s'approcha d'elle et ils s'accroupirent ensemble pour regarder la mare. Anita se sentait soudain gênée de la proximité de leurs corps.

— Tiens, dit-elle en sortant un flacon. On va le remplir et faire analyser l'eau.

— Bonne idée, approuva Drazic en lui souriant.

C'était un gentil sourire et Anita, presque malgré elle, le lui rendit.

— Parfait, dit-elle en remplissant le flacon d'eau de mer. On va voir ce qu'on a là.

— Tu veux dire, quelles atrocités sont tapies dans cet échantillon, fit Drazic d'une voix gutturale façon Dracula.

— Je ne savais pas que tu étais si bon imitateur, sourit Anita. Comment tu fais ça ? J'en serais bien incapable.

Curieusement, le compliment ne lui fit pas plaisir. Il haussa les épaules.

— Question de mémoire, je suppose. Un flacon suffira, à ton avis ?

*

Le lendemain, Anita eut encore plus de mal que d'habitude à se concentrer. Elle repensait constamment à l'étrange attitude de Drazic, tantôt – la plupart du temps, à vrai dire – odieux, tantôt gentil. La veille, il lui avait fait l'effet de quelqu'un d'extrêmement différent. Détendu, heureux, même. Mais qui était le véritable Drazic ?

C'était encore un cours de littérature. Il leur fallait de nouveau batailler avec *Les Temps difficiles*.

— Bien. Qu'essaie de dire Dickens, dans ce passage ? interrogea Mlle Brooks.

Elle livrait un combat perdu d'avance contre une classe totalement apathique.

— Mai ?

— C'est un sexiste.

— Ce n'est pas ce que je vous demande, soupira Mlle Brooks.

— Mais c'est important de le souligner, insista Mai. Tous les écrivains contemporains de Dickens étaient de sales sexistes.

— Vive le bon vieux temps ! s'écria Drazic en pouffant de rire.

— Tu aurais dû vivre à l'âge de pierre, Drazic, riposta Mai.

— Mai, tais-toi ! Drazic, arrête, dit Mlle Brooks machinalement. Melanie, que veut dire Dickens ?

— Il met en évidence les conséquences de la révolution industrielle, mademoiselle.

— Exactement. Merci. Et maintenant, Drazic, veux-tu nous lire le passage suivant ?

Anita remarqua que, comme la fois précédente, Drazic se levait avec réticence.

— Ce serait avec plaisir, mademoiselle, mais il faut que je sorte. Vous voyez ce que je veux dire ?

— Tu peux attendre la fin du cours.

Apparemment très pressé, Drazic commença à se dandiner.

— Impossible, mademoiselle, je vous assure... !

Les élèves pouffèrent de rire. Comme d'habitude, Drazic était ravi de son petit sketch. Anita, elle, ne participait pas à l'euphorie générale. C'était la deuxième fois que Drazic se défilait quand on lui demandait de lire en classe. Pourquoi ?

— D'accord, Drazic, tu peux y aller. Mais fais vite.

Triomphant, Drazic laissa tomber son livre sur le bureau et, les jambes comiquement croisées, il sortit sous les rires et les acclamations. Anita garda les yeux sur la porte, perplexe.

— Anita !

Vu le ton de Mlle Brooks, ce n'était pas la première fois qu'elle l'interpellait.

— Oui, mademoiselle ?

Heureusement pour elle, la cloche sonna la fin du cours.

Pendant la récréation, Anita se mit à la recherche de Drazic. Elle le trouva près du terrain de basket.

— Drazic.

— Oui ?
Drazic faisait rebondir son ballon sur le bitume.

— Tu n'étais pas obligé de quitter la classe, au dernier cours.

Visiblement déconcerté, Drazic se tourna vers elle.

— Qu'est-ce que tu en sais ? Tu n'étais pas à ma place que je sache ?

— Non, répondit Anita avec calme. Mais ce n'est pas la première fois que ça t'arrive.

Drazic éclata de rire.

— Normal, ça se produit plusieurs fois par jour, ce n'est pas ton cas.

Anita refusa d'être gênée.

— Ce n'est pas ce que je voulais dire.

— Je peux tenir des comptes, si tu veux, fit Drazic en haussant les épaules.

Il savait de quoi elle parlait, Anita en était convaincue.

— Drazic, reprit-elle lentement, tu as du mal à lire ?

— Sympa, lâcha froidement Drazic. Tu me prends pour un illettré ou quoi ?

— Tu te défiles toujours, en classe.

— Ah oui ?

— Chaque fois qu'on te demande de lire, tu trouves un prétexte pour t'y soustraire.

Drazic lança le ballon en l'air.

— Et alors ?

— J'ai compris pourquoi tu fais toujours le clown en classe, c'est tout.

Il se tourna vers Anita et la contempla durement.

— Ah ouais, t'as le QI d'Einstein ma parole !

Il se pencha vers elle et ajouta doucement :

— Fiche-... moi... la... paix.

*

Hilary et Anita finissaient de débarrasser. Pendant qu'Anita s'attelait à la vaisselle, sa mère repassait un uniforme bleu clair à l'autre bout de la cuisine.

— C'est horrible d'être obligée de porter cette couleur, compatit Anita.

Hilary éclata de rire.

— Ça n'a pas l'air de déranger les malades. Une infirmière est une infirmière.

Il y eut un moment de silence durant lequel Anita chercha comment aborder le sujet qui l'avait tarabustée tout l'après-midi.

— Maman, se lança-t-elle, est-il possible d'arriver en terminale et de ne pas savoir lire correctement ?

— Cela arrive parfois, répondit sa mère. Malheureusement. Pourquoi ?

Anita lui parla de Drazic.

— A-t-il eu de bons résultats scolaires jusqu'à présent ? interrogea Hilary.

Anita essaya de se rappeler les bulletins de Drazic.

— Je ne crois pas. C'est toujours limite, d'après ce que je sais.

Hilary repassa le col de son uniforme.

— Il a peut-être une très bonne mémoire auditive, dit-elle. Cela peut suffire pour suivre et donner le change.

Anita hocha la tête en se remémorant les excellentes imitations de Drazic.

— Je crois que c'est le cas. Mais, maman, c'est terrible. Il a l'air vraiment idiot quand il essaie de lire. Il bute sur les mots, il ânonne.

— Il n'est peut-être pas très intelligent ? hasarda Hilary.

— Non, dit lentement Anita. Ce n'est pas ça. Il fait l'idiot mais je sais qu'il est loin d'être bête.

— Pour un garçon, tu veux dire ?

— Exactement, fit Anita en souriant à sa mère.

— Il a peut-être une inaptitude à l'apprentissage.

— Tu veux dire qu'il est arriéré ? s'alarma Anita.

— Non, non, c'est juste un terme pour définir toute une série de troubles fonctionnels qui empêchent les gens d'apprendre. Certaines personnes sont incapables de reconnaître les mots comme le font les autres.

— Mais les profs ne s'en rendent pas compte ? À l'école primaire ?

— Pas forcément, répondit Hilary d'un ton docte. Parfois, les gens passent à travers les mailles du système. En particulier s'ils sont doués pour cacher leurs difficultés.

— C'est exactement ça, dit lentement Anita. Il fait constamment l'andouille. Pour éviter de lire, en réalité.

— C'est tout à fait caractéristique, renchérit sa mère. Il a dû s'en sortir comme ça pendant toute sa scolarité. Et comment écrit-il ?

Anita réfléchit.

— Je n'en sais rien.

— Sans doute pas très bien. À mon avis, ce garçon aurait besoin d'un petit soutien, dit Hilary.

— J'aimerais bien en savoir plus sur le sujet.

Hilary haussa un sourcil, surprise de voir sa fille s'inquiéter pour un élève dont elle n'avait quasiment jamais parlé auparavant.

— Je dois avoir quelque part un livre concernant les gens souffrant d'inaptitude à l'apprentissage. Je vais tâcher de te le retrouver.

Ce soir-là, Anita resta éveillée dans son lit jusqu'à une heure avancée, plongée dans l'ouvrage que lui avait prêté sa mère. Par moments, elle avait l'impression que l'auteur connaissait Drazic et avait écrit ce livre pour lui. « Un comportement perturbateur en classe pour camoufler de piètres facultés cognitives... » Cela ne se limitait pas à l'incident du cours de littérature. Anita se rappela que, quinze jours plus tôt, M. Bailey avait demandé à Drazic de lire l'introduction d'un chapitre sur la cristallisation. Drazic avait lu très lentement, sauté une ligne, et dit « Dans le cas de la cristallisation par évaporation... » au lieu d'évaporation. « Inverser des syllabes de mots familiers est souvent le symptôme d'une légère dyslexie... » Drazic était-il dyslexique ?

Vers une heure du matin, Anita referma le livre, éteignit la lumière et resta éveillée dans le noir à réfléchir. Se sentait-elle assez sûre d'elle pour poursuivre son enquête ?

*

Le lendemain, à l'heure du déjeuner, Anita frappa à la porte de la salle des professeurs. Par chance, l'enseignante qu'elle voulait voir était là.

— Oui, Anita ? fit Mlle Brooks.

— Puis-je vous parler en privé, mademoiselle ?

— Bien sûr, fit Mlle Brooks, surprise. Viens.

Elle l'entraîna dans un coin de la salle.

— Que se passe-t-il ?

Face à Mlle Brooks, Anita ne savait par où commencer.

— N'avez-vous pas remarqué quelque chose de bizarre au sujet de Drazic quand il lit, mademoiselle ? demanda-t-elle.

— Drazic ? dit Mlle Brooks en fronçant les sourcils. Oui, il a incontestablement des difficultés en lecture, pourquoi ?

Anita hésita. Était-elle allée trop loin ?

— Je ne suis pas qualifiée pour affirmer quoi que ce soit mais... je me demandais... ?

— Oui ?

— Souffrirait-il d'une inaptitude à l'apprentissage ?

— Ah, fit Mlle Brooks, et Anita constata avec soulagement que son professeur de littérature y avait déjà songé. Je me posais la même question. Je pense qu'il est un peu dyslexique.

— Donc ce n'est pas grave ?

Mlle Brooks secoua la tête.

— Je ne pense pas, non. Il vaudrait mieux, bien sûr, qu'il soit attentif et studieux. Il est très agité en classe.

Anita songea à ce qu'elle avait lu.

— Mais cela ne peut pas être la *conséquence* de ses difficultés en lecture, et non la cause ?

Mlle Brooks parut impressionnée.

— C'est vrai, c'est souvent exact dans certains cas, admit-elle. Mais chez Drazic, je ne saurais le dire. C'est la première année que je l'ai dans ma classe.

— Il n'existerait pas un moyen de le découvrir, mademoiselle ?

L'expression légèrement amusée de son professeur indiqua à Anita qu'elle était intriguée par ce subit intérêt pour le sort de Drazic. Anita elle-même se demandait pourquoi elle prenait toute cette peine ?

— Les spécialistes du département des sciences de l'éducation ont établi une série de tests permettant de déceler les inaptitudes à l'apprentissage.

— N'importe qui peut les faire ?

— Bien sûr. Mais il faudrait que Drazic consente à s'y soumettre, ce dont je doute fort.

— Et si... si un autre élève lui parlait ?

Mlle Brooks secoua la tête.

— Je vais m'en charger.

6

Le lendemain matin, Anita croisa Mlle Brooks dans le couloir en se rendant à son premier cours de la journée et son moral grimpa en flèche. Son professeur lui avait fait un signe de tête et un sourire, elle avait sûrement parlé à Drazic comme promis. Il accepterait peut-être de se faire aider et tout rentrerait dans l'ordre...

— Dis donc, Anita !

Drazic venait vers elle d'un pas rapide. Même de loin, Anita vit ses yeux étinceler de colère.

— Tu as parlé de moi à Mlle Brooks derrière mon dos, hein ? lança-t-il dès qu'ils furent hors de portée des oreilles indiscrètes.

— Je voulais juste te rendre service !

L'espace d'un instant, Anita se demanda s'il n'allait pas la frapper.

— Ne te fatigue pas ! dit-il avec brusquerie. Je n'ai pas besoin de tes services, d'accord ? Épargne-moi tes airs supérieurs !

— Ce n'est pas ça ! se défendit Anita. Je voulais seulement t'aider. Vraiment, Draz.

— Qu'est-ce que ça peut bien te faire, de toute façon ?

— Pas grand-chose, répliqua Anita. Disons que j'en ai marre que tu fasses le pitre en classe toute la journée, ça te convient ? Ou tu veux savoir la vérité ? Que tu es plus intelligent que tu te plais à le laisser croire ? Que tu pourrais être brillant dans tes études ?

Drazic la contempla fixement et une partie de sa colère sembla se dissiper.

— Je ne veux pas passer ces tests, gronda-t-il enfin. Compris ?

Anita força son avantage.

— De quoi tu as peur ?

— Je n'ai peur de rien ! se défendit-il, mais Anita voyait bien que ce n'était pas tout à fait vrai. À quoi ça servirait, de toute façon ? Même si je le fais, qu'est-ce qu'on va trouver ? Que j'ai des difficultés en lecture ? Je suis déjà au courant, merci.

— Mais beaucoup d'inaptitudes à l'apprentissage peuvent être rectifiées, tu sais.

Le terme « inaptitudes » fit renaître la colère de Drazic.

— Écoute, dit-il sèchement, j'apprécie l'intérêt que tu me portes mais laisse-moi gérer ma vie.

— Pas de problème, dit Anita, préférant ne plus insister. Je passerai à la plage avant les cours, demain matin. Tu veux venir ?

— Peut-être.

— Il faut qu'on termine notre projet de T.P.

— J'ai dit peut-être.

Elle ne put rien en tirer de plus.

*

Le lendemain, il faisait frais et gris ; un petit vent sournois soufflait sur la plage. Anita s'assit en frissonnant au bord de la mare et commença à prendre des notes. Elle jeta un coup d'œil à sa montre. Zut, elle n'avait plus qu'un quart d'heure devant elle et Drazic n'était pas venu.

— Salut.

Elle se retourna. Il était là, juste derrière elle.

— Salut, dit-elle en lui adressant un sourire chaleureux.

Drazic lui rendit son sourire.

— Je ne pensais pas que tu viendrais, dit-elle.

— Moi non plus.

Son ton était difficile à interpréter.

— Bon, décida Anita, tu veux bien noter pendant que j'identifie ce qu'on a là ?

Drazic hocha la tête et elle lui tendit stylo et bloc-notes avant de s'accroupir au-dessus de la mare.

— Tu es prêt ? Deux étoiles de mer, une méduse de taille moyenne, je pense qu'elle a dû se faire piéger à la dernière marée.

— Hé, doucement. J'écris à peu près aussi mal que je lis.

— Oh, pardon !

Mais Anita ne put s'empêcher d'ajouter :

— Si tu passais ces tests...

— Anita, laisse tomber.

Mais elle vit qu'il ne lui en voulait plus. Ils trouvèrent leur rythme et travaillèrent harmonieusement. Quinze minutes plus tard, ils avaient identifié et répertorié toute la faune marine de la mare et des alentours. Anita était ravie de constater que Drazic pouvait travailler efficacement quand il le voulait. Pour la première fois, elle songea qu'ils auraient peut-être une bonne note au devoir, ce qui la mit d'excellente humeur.

— Tu sais, dit Drazic tandis qu'ils remontaient vers l'arrêt de bus, je vais peut-être parler à Mlle Brooks, tout à l'heure. Pour me renseigner un peu sur ces fameux tests.

— Super ! s'écria Anita, rayonnante.

Elle savait combien cela lui coûtait d'admettre qu'il avait besoin d'aide.

— Tu as déjà réglé la moitié du problème, alors.

Ils se séparèrent en entrant dans l'école et n'eurent pas d'autre occasion de s'adresser la parole. En fin d'après-midi, Anita tomba de nouveau sur Drazic.

— Alors... commença-t-elle.

— Ça y est.

On aurait dit qu'un gros poids avait été retiré des épaules de Drazic.

— Elle m'a inscrit pour passer des tests avec des gens du département des Sciences de l'éducation. Et elle m'a donné ce drôle de truc, ajouta-t-il en montrant à Anita une feuille de plastique orange de format A4.

— À quoi ça sert ?

— Elle m'a conseillé de le poser sur une page avant de commencer à lire, dit-il.

— Pour quoi faire ?

— Eh bien, Mlle Brooks pense que j'ai une petite dyslexie. Avec ça, les espaces entre les mots sont censés ne plus danser devant mes yeux.

— Tu as essayé ?

— Oui. Ça marche.

— C'est génial !

Anita se demanda soudain si elle n'en faisait pas un peu trop, question éloges et enthousiasme. Drazic la considéra d'un œil sceptique.

— C'est ça, peu importe si on est idiot du moment qu'il y a une raison médicale.

— Arrête de raconter n'importe quoi, gronda Anita.

Les piques de l'ancien Drazic ne la déconcertaient plus, maintenant : elle savait qu'il n'était pas aussi sûr de lui qu'il s'en donnait l'air.

Il sourit et dit :

— Alors, on va la terminer, cette étude sur la faune marine ? On a encore des notes à rédiger, je te signale.

*

Le reste de la classe écoutait les différents élèves lire leurs rapports sur l'environnement. C'était le tour de Mai, qui s'exprimait également au nom de Melanie. Avec sa placidité habituelle, elle lut :

— L'analyse a révélé des niveaux légèrement plus élevés pour un certain nombre de substances. Le seul chiffre important était le taux de mercure, cinq fois supérieur aux valeurs habituelles. Toutefois, ce taux reste dans la limite des normes de sécurité.

— Merci, Mai, pour cet exposé clair et intéressant, fit M. Bailey d'un ton approbateur. Et maintenant, Drazic, voulez-vous nous lire le résumé de vos travaux avec Anita, je vous prie ?

Rapidement, beaucoup plus spontanément qu'auparavant, Drazic se leva. Il plaça le plastique orange sur ses notes et commença à lire. Les mots venaient encore lentement et avec application mais il était plus confiant qu'il ne l'avait jamais été. Cette fois, il n'éluda pas, ne fit pas de numéro pour se soustraire à la lecture. Anita était contente, et même fière de lui.

— Nous constatons avec satisfaction, conclut-il, que par com... comparaison avec l'étude réalisée en 1928, la faune marine que nous avons examinée est beaucoup plus... diversifiée aujourd'hui.

— Merci, Drazic, fit M. Bailey en souriant. C'est du bon travail.

Anita soupçonnait Mlle Brooks d'avoir informé le proviseur au sujet de Drazic.

Dans la cour, une heure plus tard, Drazic était encore sous le coup de la stupeur.

— Seize ! Bailey nous a mis *seize* sur vingt ! C'est du délire ! La dernière fois que j'ai eu seize, c'était à un test pour mesurer mon Q.I. !

— On forme une bonne équipe, pas vrai ? fit Anita en souriant.

— Remarque, s'empressa d'ajouter Drazic, ce n'est pas vraiment important. Juste un projet de T.P. Mais tu sais quoi ? s'écria-t-il avec un regain d'enthousiasme, c'est dingue comme ça peut tout changer un simple bout de plastique orange !

— Dis, tu pourrais venir chez moi et on se ferait des séances de lecture ? proposa Anita.

Drazic la lorgna d'un œil soupçonneux.

— Si tu veux faire la charité, grogna-t-il, adresse-toi à ta paroisse.

Anita le contempla, incrédule. Après toutes leurs recherches ensemble, alors qu'ils s'entendaient si bien, pourquoi fallait-il qu'il gâche tout ? Pourquoi fallait-il qu'il se conduise aussi bizarrement ?

— Je cherche seulement à t'aider, tu sais.

Il la considéra une nouvelle fois, sans ciller.

— C'est ça, par charité, c'est bien ce que je dis.

— Bon sang, tu es vraiment tordu, Drazic ! Mlle Brooks essaie de t'aider, tu as tout le service des Sciences de l'éducation de ton côté, tu dis toi-même que tu lis mieux... et tu ne veux remercier personne.

— Je continue à me demander où tu trouves ton compte dans tout ça.

Anita poussa un soupir exaspéré.

— Tu ne comprends donc pas que je t'aime bien, idiot ?

Les mots restèrent quelques instants en suspens entre eux. Anita n'en revenait pas de les avoir prononcés à haute voix. Pourtant, elle n'avait fait qu'énoncer une vérité. Elle aimait bien Drazic. Elle l'aimait même beaucoup.

Il éclata d'un rire incrédule.

— Bien sûr, tu m'aimes bien. Tu aimes bien tout le monde et tout le monde t'aime bien. Tu fais partie de ces gens qui trouvent que la vie est belle. Et tu m'aimes bien parce que j'ai des difficultés et que tu peux te rendre utile.

— Drazic, qu'est-ce que tu racontes ?

Anita était blessée, mais il y avait un fond de vérité dans ce qu'il disait. Elle aimait bien s'occuper des autres.

— La vérité, dit-il avec amertume. Tu m'aimes assez pour être gentille avec moi, mais pas assez pour sortir avec moi, par exemple. C'est ça, la charité.

— Qui te dit que je ne le veux pas ? répliqua vivement Anita.

— Que tu ne veux pas quoi ? demanda Drazic en fronçant les sourcils. Est-ce qu'on parle bien de la même chose ? Je dis que tu ne veux pas sortir avec moi.

— Et moi je te dis que si.

Une petite voix dans sa tête lui souffla : *Tu sais vraiment ce que tu es en train de faire ?* mais elle l'étouffa avec fermeté.

— C'est vrai ? demanda Drazic, stupéfait.

Anita hocha la tête.

— Youpi !

Drazic poussa un cri et sauta en l'air, comme s'il venait d'être sacré champion du monde.

*

— Salut.

— Salut, fit Anita en souriant à son frère. Comment va ?

— Bah, on fait aller.

Les yeux d'Anita pétillèrent.

— Tu gagnes du terrain, avec Mai ?

Ryan poussa un soupir et évita de la regarder. Il ne savait pas trop s'il pouvait se confier à elle.

— C'est une drôle de nana. Je veux dire, j'ai vraiment cru qu'elle était homo.

Anita roula des yeux.

— Ah, parce que si une fille ne s'intéresse pas à toi, ça signifie qu'elle est lesbienne ? Brillante déduction !

— Mais elle ne l'est pas, ajouta Ryan.

— Comment le sais-tu ? demanda Anita avec curiosité.

— Je lui ai posé la question.

— Pas possible ! s'exclama Anita en riant. Ça a dû l'impressionner.

— Parfaitement.

Ryan remua sur le canapé, resserra les jambes et fit une

grimace. En le regardant de plus près, Anita remarqua qu'il était assis très inconfortablement. Sans vergogne, elle éclata de rire.

— Oh, non ! Ne me dis pas qu'elle t'a balancé un coup de genoux *là* ?

Ryan lui décocha un regard noir.

— Tu as dû le sentir passer ! gloussa Anita.

— Mais je lui ai quand même demandé si elle voulait sortir avec moi.

— Tu rigoles ? s'exclama-t-elle. Tu lui balances froidement qu'elle doit être lesbienne, elle te remet à ta place et tu as le culot de lui demander de sortir avec toi ?

— Exactement.

Ryan semblait très content de lui, malgré sa douleur.

— Tu ne vas tout de même pas me faire croire qu'elle a accepté ?

— Euh, pas tout à fait. Mais elle a dit qu'un jour, peut-être...

— C'est ça, fit Anita d'un ton moqueur. Tu en vois souvent, toi, des poules avec des dents ?

— Au moins, Mai est intelligente, rétorqua Ryan, piqué. Je ne peux pas en dire autant des gens que tu fréquentes ces temps-ci.

Anita ne répondit pas. Les paroles de Ryan lui rappelèrent les commentaires méprisants dont elle avait abreuvé Drazic elle-même avant qu'ils ne commencent à travailler ensemble. Elle rougit.

— Méfie-toi, Anita, ajouta Ryan. À force de traîner avec des imbéciles, ça pourrait bien déteindre sur toi.

— Oh, lâche-moi, d'accord ?

Elle monta dans sa chambre et s'assit sur son lit en contemplant le panneau de liège, au-dessus de son bureau. Un assortiment hétéroclite de photos y étaient punaisées : Anita et Melanie faisant semblant de se renverser des bouteilles de Coca sur la tête, à une fête ; Anita et Hilary à la plage avec Tom, l'oncle d'Anita ; Jeff Scheppers, Ryan et

Hilary dans le jardin avec Démon leur labrador noir, avant que la famille ne se sépare... Si ces photos la réconfortaient, elles la rendaient nostalgique, aussi. Tous ces instants révolus, ces bonheurs qui ne reviendraient jamais plus... Son père caressant Démon paraissait si heureux. Autant de témoignages qui semblaient appartenir à une autre vie.

Ces images lui étaient familières, elle y était habituée. Mais... si Drazic commençait à faire partie de sa vie ? Anita songea au genre de clichés qu'elle devrait peut-être ajouter à sa collection. Elle se représenta deux photos de Drazic, l'une de profil, l'autre de face, le regard vide, et un matricule dessous. Avec les mots : AVIS DE RECHERCHE.

L'idée la fit sourire. *Non. Drazic fait du mauvais esprit mais ce n'est pas un mauvais garçon.*

Quelque chose d'autre lui titilla soudain la conscience. Tout le monde savait qu'elle détestait Drazic. Personne ne l'aimait, d'ailleurs, à l'exception de ses copains. Alors comment allait-elle avouer à ses amies que ses sentiments avaient complètement changé ?

Par où commencer ? Une seule chose était sûre, le fait d'avoir travaillé ensemble sur la mare dans les rochers lui avait fait découvrir une autre facette de Drazic. Et cette facette, qui trahissait sa vulnérabilité, son côté chaleureux, même la carapace hérissée dans laquelle il se réfugiait quand il pensait en avoir besoin, cette facette-là lui plaisait vraiment. Et il avait eu l'air tellement fou de joie quand elle lui avait dit qu'elle voulait bien sortir avec lui.

Mais le jeu en valait-il la chandelle ? Car elle serait la risée de ses copines si elle sortait avec Drazic...

Je ferais mieux de lui dire que je ne veux pas le voir, finalement, que c'est une lamentable erreur.

En regardant les photos, Anita prépara son petit discours. Drazic devait la raccompagner et rester travailler chez elle le lendemain après-midi. Elle attendrait qu'ils soient prêts à se mettre au travail, puis elle dirait : « Drazic, c'est impossible. » Mais son esprit refusait d'imaginer la scène au-delà de cette mémorable réplique. Serait-il furieux ? Blessé ? Partirait-il en claquant la porte ?

Anita passa toute la journée suivante à se ronger les sangs, l'estomac complètement noué. Mais quand ils rentrèrent tous les deux chez elle l'après-midi, c'était Drazic qui semblait nerveux. Il ne cessait de regarder autour de lui comme s'il s'attendait à ce qu'on lui dise de s'en aller.

— Détends-toi, dit Anita.

Finalement, c'était lui qui avait besoin d'être rassuré. Du coup, elle se sentit beaucoup mieux.

— Il n'y a personne.

Hilary était encore à l'hôpital ; quant à Ryan, il s'entraînait au basket avec des amis et rentrerait tard.

— Hmm...

Drazic semblait réellement mal à l'aise.

— Assieds-toi. Je vais chercher quelque chose à boire.

— Je n'ai pas soif, dit Drazic.

Mais elle alla néanmoins à la cuisine. Quand elle revint avec deux verres de jus d'orange, il était perché sur le bord du canapé et avait l'air plus que jamais d'un visiteur indésirable. Elle lui tendit son verre et s'assit à l'autre bout du canapé. Il y eut un moment de silence pendant qu'ils buvaient.

— Bon, fit gaiement Anita, si on s'entraînait à lire, d'accord ?

— Oui, répondit-il sans grand enthousiasme.

Elle sortit *Les Temps difficiles* de son sac et le lui tendit.

— Ouvre une page au hasard.

Docilement, Drazic prit le roman. Mais il ne l'ouvrit pas. Il le posa sur le canapé et regarda Anita.

Sans même réfléchir, elle se pencha vers lui. Il la prit dans ses bras et la serra contre lui en l'embrassant passionnément. Ses lèvres et sa peau étaient étrangement douces.

Ils restèrent enlacés un long, très long moment. Enfin, Drazic s'écarta brusquement.

— Il vaut mieux que j'y aille.

Surprise, Anita le regarda se lever et se diriger vers la porte. Elle bondit sur ses pieds pour l'accompagner.

— Merci de m'avoir raccompagnée à la maison, en tout cas, dit-elle en ouvrant la porte.

— Une autre fois. Quand tu voudras.

Le visage de Drazic se fendit d'une oreille à l'autre et il tourna les talons.

— Salut.

Drazic effleura l'épaule d'Anita. C'était juste avant le premier cours de la journée et, quelle chance ! ils étaient seuls dans la classe pour l'instant.

— Salut, dit Anita en lui rendant son sourire.

— Euh, tu veux qu'on travaille ensemble, cet après-midi ? Chez toi ?

Anita rit.

— Tu veux dire, travailler ?

— Oui, affirma Drazic. *Travailler*. Avec des vrais livres et tout.

Il fronça les sourcils, essayant sans succès de garder son sérieux.

— On en a vraiment besoin, tu n'es pas d'accord ?

— Entièrement d'accord, approuva-t-elle.

*

Pour rentrer chez elle, ils passèrent par le centre ville. Anita regarda Drazic dévaler la rue devant elle sur ses rollers, obligeant les piétons à s'écarter tandis qu'il sautait sur les trottoirs. Sans oublier de regarder par-dessus son épaule de temps en temps pour voir comment elle réagissait...

Elle ne pouvait s'empêcher de sourire. Une semaine plus tôt, elle lui aurait dit d'arrêter ses enfantillages, de se conduire enfin comme un adulte. Maintenant, elle était obligée de reconnaître qu'elle trouvait plutôt touchant son désir de faire l'intéressant pour elle.

Drazic pivota avec grâce et revint vers elle avec un grand sourire.

— Tu peux arrêter, maintenant, lui dit Anita. Je suis très impressionnée.

— Arrêter ? Moi ? Tu rigoles !

Et il était déjà reparti, slalomant sur le trottoir. Cette fois, il évita de justesse Katerina et Charlie qui sortaient du supermarché.

— Attention !

Katerina jonglait avec son sac, ses courses et une glace.

— Arrgh !

La glace ne survécut pas à la bousculade et s'écrasa par terre.

— Regarde ce que tu viens de faire, abruti !

— Désolé, s'excusa Drazic, qui n'incarnait pas vraiment l'image de la désolation.

Anita les rejoignit et Drazic la prit par la taille machinalement pour reprendre son équilibre. Katerina ouvrit des yeux comme des soucoupes.

— On ferait mieux d'y aller.

Rapidement, Anita se dégagea et recula d'un pas. Drazic la regarda.

— Tu as raison, dit-il lentement. Je ne suis pas fréquentable.

— Drazic... commença Anita.

— Salut.

Drazic partit sur ses rollers. Anita se tourna et fit un signe d'adieu à Katerina, qui les contemplait, abasourdie. Anita fut soulagée quand Drazic et elle eurent tourné au coin de la rue.

Drazic eut un petit rire.

— Ça leur a fait un choc, hein ?

— Oui. Le choc de leur vie, dit Anita platement.

— Dis, tu es libre demain ?

— Mmm.

— Je voudrais t'emmener quelque part, je ne sais pas, dans un endroit spécial. Tu veux ?

— D'accord, fit Anita avec un sourire un peu tendu.

— Tu as envie de faire quelque chose en particulier ?

— Oh, ça m'est égal.

Anita n'écoutait pas. Elle n'avait pas prévu que ses amis découvriraient aussi rapidement le pot aux roses. Sans aucun doute, quelques secondes suffiraient à Katerina pour faire circuler l'info dans toute la classe.

— OK. Fais-moi confiance, alors.

— Parfait.

Anita se sentait piégée : elle découvrait les conséquences de sa décision et cela ne lui plaisait pas du tout.

Une heure plus tard, elle écoutait Drazic lire à voix haute. Elle constata que le filtre orange n'était pas si miraculeux : visiblement, Drazic peinait. Ou peut-être était-ce le livre, *Emma*, de Jane Austen, l'autre roman du XIXe que les terminales devaient lire pendant l'année scolaire.

— ... « un long message cérélonieux »...

— Cérémonieux, corrigea Anita.

— ... « où, se pliant aux intances »...

— Aux instances.

— ... « aux instances pressantes de certains amis, il s'était engagé à passer quelques semaines »...

Drazic jeta le livre sur le canapé.

— Quelle bande de râleurs et de lavettes, ces mecs !

Dans la cuisine, Hilary, qui préparait des frites pour le dîner, réprima un sourire.

— Continue, l'encouragea Anita.

— Il le faut vraiment ? gémit Drazic. Je préférais quand je n'y comprenais rien.

Anita éclata de rire.

— Allez, encore un peu de courage.

Il poursuivit avec un soupir :

— « La réserve rassure mais ne séduit point. On ne peut

aimer un être réservé. À moins que la réserve envers soi-même ne disparaisse, ce qui accroîtra peut-être alors l'attirance. »

— Bravo !

Anita le fit continuer pendant dix minutes encore. Drazic semblait souffrir le martyre.

La porte d'entrée claqua.

— Maman ! Où est...

Ryan entra dans le salon et s'arrêta net, d'abord incrédule, puis furieux.

— Qu'est-ce que tu fiches ici ? gronda-t-il en toisant Drazic avec colère.

Le visage de Drazic s'éclaira. Affronter Ryan était beaucoup plus réjouissant qu'essayer de comprendre les mœurs de l'Angleterre sous la Régence.

— Tiens, fit-il gaiement. Mais c'est mon pote Ryan !

Ryan contempla alternativement Drazic, puis sa sœur.

— Qu'est-ce qui se passe ?

Son ton tranchant hérissa Anita.

— À ton avis ? répliqua-t-elle.

— Si tu le veux vraiment, mon avis, je trouve ça tordu, répondit Ryan en jetant son sac par terre.

Le sourire moqueur de Drazic s'accentua.

— C'est ce qu'on pourrait dire de Jane Austen.

— J'aide Drazic en littérature, expliqua Anita.

Ryan toisa Drazic avec mépris.

— Comme si la littérature l'intéressait. J'aimerais bien savoir ce qu'il fiche *vraiment* ici ?

— Ryan ! éclata Anita.

— Il est venu renifler la maison comme un toutou.

Anita se leva d'un bond.

— Va te faire voir, Ryan.

Drazic croisa les bras et s'adossa au canapé. Visiblement, la petite scène l'amusait beaucoup. Son attitude eut le don d'exaspérer Ryan, qui se dirigea en trombe vers la cuisine.

— Fais-le sortir, dit-il à Hilary.

— Quoi ? demanda sa mère avec stupeur.

— Fiche-le dehors. Ce mec n'est bon qu'à semer la pagaille.

— Ryan, je ne tolérerai pas cela ! gronda Hilary. Drazic est un ami d'Anita.

— Ben voyons.

— Je ne sais pas ce que tu as contre lui mais...

— C'est un zonard ce mec... il est naze.

— Ryan... commença Anita en apparaissant sur le seuil de la cuisine.

— Écoute, trancha Hilary avec irritation. C'est aussi la maison d'Anita, ici. Et si elle est assez généreuse pour aider Drazic à travailler...

— Généreuse ? Tu plaisantes !

— ... tu peux l'être aussi en fermant ta grande bouche. Compris ?

Première manche pour moi, songea Anita.

Mais combien de conflits, combien de combats devrait-elle livrer pour pouvoir être l'amie de Drazic ? En valait-il la peine ?

7

Anita trouva Melanie dans la classe le lendemain matin avant le premier cours.

— Bonjour ! lança-t-elle gaiement.

— Bonjour.

Melanie lui adressa un regard un peu revêche et continua à sortir ses livres de son sac. Anita se demanda ce qui n'allait pas mais elle avait quelque chose de plus important à lui demander.

— Mel, dit-elle d'une voix hésitante, j'ai besoin d'un service. Peux-tu me couvrir pour cet après-midi ?

— Comment cela ? demanda froidement Melanie.

— Si Ryan demande ce que je fais, dis-lui que je suis chez toi, tu veux ?

— Pourquoi ?

— Comme ça. C'est sans importance.

— Je vois. Dans ce cas, pourquoi as-tu besoin d'une couverture ?

Anita faillit lui dire : « Mel, ça ne te ressemble pas. Tu es ma meilleure amie, tu ne peux pas accepter simplement ce que je te demande ? » Mais il fallait reconnaître qu'étant sa meilleure amie, précisément, Melanie avait droit au moins à une explication partielle.

— Je sors juste avec quelqu'un, dit-elle.

Tiens tiens, signifiait l'expression de Melanie.

— Qui c'est ?

Anita eut soudain le sentiment que Melanie connaissait la réponse.

— Pourquoi toutes ces questions ?

— Parce que tu t'appliques à les éluder.

Anita hésita, rose et embarrassée. C'était maintenant ou jamais.

— Tu ne le diras à personne ?

Melanie lui lança un regard outré.

— D'accord, d'accord, je sais que je peux te faire confiance. Eh bien... C'est Drazic, avoua-t-elle après avoir avalé une grande bouffée d'air.

— *Drazic* ! Tu vas *vraiment* sortir avec Drazic ?

— Chut ! fit Anita en regardant autour d'elle avec nervosité. Et puis, c'est pas vraiment mon petit copain. Il veut surtout me remercier de lui avoir donné un coup de main pour son travail.

— Je vois.

Quelque chose dans le ton de Melanie fit tiquer Anita.

— Tu n'as pas l'air très surprise. Katerina ne t'aurait pas parlé, par hasard ? Ou Charlie ?

Dans le mille ! Ce fut à Melanie de rosir.

— C'est vrai, Katerina a dit qu'elle vous avait vus ensemble hier.

— Je vois le tableau d'ici, fit Anita d'un air sombre. J'imagine très bien les détails croustillants.

— Je ne voulais pas la croire. Je me disais que si c'était vrai, tu m'en aurais parlé.

Elle semblait vexée. Gênée, Anita bredouilla :

— Je suis vraiment désolée, c'est juste que... enfin, tu comprends...

Melanie hocha la tête, mais sans paraître très satisfaite.

— Et où allez-vous ?

Anita fit un geste vague.

— Je n'en sais rien, à vrai dire.

— Dans un endroit particulier ?

Melanie ne lui laisserait pas de répit tant qu'elle ne lui aurait pas soutiré tous les renseignements possibles.

— Oui, non. Je ne sais pas. Je t'assure, Mel, insista-t-elle devant la mine sceptique de son amie. Je n'ai aucune idée de ce qu'on va faire.

— Moi je trouve que ça ressemble à un rendez-vous d'amoureux.

— Bon, coupa Anita, tu vas me couvrir ou non ?

— Alors tu sors vraiment avec Drazic, répéta Melanie, comme si elle relatait l'un des événements les plus extraordinaires de l'histoire de l'humanité.

— Oui. Et alors ?

— Mais c'est un débile ! Tu ne t'es jamais demandé pourquoi il n'a jamais eu de petite amie ? Parce qu'il est cinglé, tout simplement ! Tu ne sais rien de lui. Tu ne sais ni d'où il vient, ni ce qu'il faisait avant d'être à Hartley, rien ! Il paraît qu'il a eu des ennuis avec la police, tu y as songé ?

Elle regarda son amie dans les yeux.

— Anita, écoute-moi. Drazic est une catastrophe ambulante. Ne sors pas avec lui.

Toutes ces pensées, à peu de chose près, avaient déjà fait méditer longuement Anita. Et elle n'avait aucune envie d'endurer un sermon de Melanie sous prétexte que c'était « pour son bien ».

— Écoute, tu vas me couvrir pour cet après-midi oui ou non ?

Melanie contempla son amie comme si celle-ci était condamnée, comme un individu suspendu au bord d'une falaise et qui refuserait de se raccrocher à une corde.

— D'accord, soupira-t-elle. S'il le faut.

*

La cloche du dernier cours sonna et les terminales commencèrent à ranger leurs affaires. Nerveusement, Anita fourra ses cahiers et ses stylos dans sa sacoche. En levant les yeux, elle vit Drazic se diriger vers elle non sans bousculer sciemment Ryan.

— Tu es prête ? demanda-t-il.

Anita jeta un coup d'œil vers son frère, qui louchait vers eux d'un air soupçonneux.

— Désolée, répondit-elle assez fort pour qu'il l'entende, on ne va pas pouvoir travailler ensemble aujourd'hui.

Elle attrapa un papier et un crayon et commença à écrire quelque chose.

— Travailler ensemble ? répéta Drazic.

— Je vais chez Mel.

Anita griffonna : *Rendez-vous à l'arrêt de bus*, et fit passer le papier à Drazic. Il comprit la petite machination mais fronça les sourcils à la lecture du message.

— D'accord, dit-il. À plus tard.

Anita ne se faisait pas d'illusions ; Ryan avait sûrement deviné ce qui se tramait. Sa mine était aussi allongée que celle de Melanie.

— Allons-y, dit Anita à Melanie en ramassant ses dernières affaires.

Ryan les rattrapa à la grille du lycée.

— Salut Ryan, lui lança gaiement Melanie.

Sans même lui accorder un regard, il demanda :

— Qu'est-ce que tu mijotes, Anita ?

Sa sœur lui adressa le sourire le plus innocent.

— Rien, pourquoi ?

— Qu'est-ce que tu écrivais, tout à l'heure ?

Anita se tourna brusquement face à lui.

— T'es dans les services secrets, ma parole ! D'accord, j'ai écrit : *Ryan est un enquiquineur de première*...

— C'est ça, oui. Et tu vas où, en réalité, cet après-midi, hein ?

Anita mourait d'envie de riposter que cela ne le regardait pas, mais Ryan serait trop content d'en profiter pour mettre la question de Drazic sur le tapis.

— Je te l'ai déjà dit, répondit-elle d'un ton boudeur. Chez Mel.

— Et qu'est-ce que vous allez faire ?

— Occupe-toi de tes oignons.

— Mel ?

Déchirée entre sa loyauté envers Anita et l'obligation de mentir à un garçon qui lui plaisait beaucoup, Melanie bafouilla :

— Je... Je...

Rapidement, Anita saisit le bras de son amie.

— Tu veux vraiment le savoir, ce qu'on va faire ? jeta-t-elle par-dessus son épaule à Ryan tandis qu'elles franchissaient la grille de l'école. On va tailler un costard à mon frère, ce nul. D'accord ? Et maintenant, si tu veux bien nous excuser.

Elles s'éloignèrent à grands pas, laissant Ryan derrière elles. Une vingtaine de mètres plus loin, Melanie demanda :

— Tu as vraiment bien réfléchi ?

— Je ne supporte pas que Ryan fasse son petit chef avec moi, répondit Anita avec colère.

— Même s'il a raison ?

Anita se tourna vers son amie.

— Et toi non plus, tu n'as pas à me dicter ma conduite, d'accord ?

— Mais Ryan a raison, justement, insista Melanie. Je suis du même avis que lui.

— Oh, tais-toi, je t'en supplie ! s'écria Anita en accélérant l'allure.

Drazic attendait à l'arrêt de bus en fumant une cigarette.

— Ça y est, t'es prête ? demanda-t-il avec un brin de sarcasme.

— Oui. Allons-y avant que Ryan ne nous voie.

Elle jeta un coup d'œil vers le bout de la rue. Heureusement, le bus approchait. Drazic ne sembla pas apprécier son ton brusque mais il s'abstint de commentaires.

— Alors on va à la plage, c'est ça ? demanda Anita lorsqu'ils furent dans le bus.

— Oui.

Drazic regardait dehors, évitant de poser les yeux sur elle. Pour l'instant, ils n'avaient pas échangé un mot. Anita se demanda pourquoi elle s'était donné tant de mal pour venir.

Ils parcoururent tout le trajet en silence. Anita était prête à bavarder mais, faute d'encouragement, les mots s'éteignirent dans sa gorge. Drazic contemplait le paysage, comme si les poteaux télégraphiques, les toits de maisons et les feux rouges étaient les choses les plus fascinantes du monde.

Je pourrais appuyer sur le bouton et descendre au prochain arrêt, songea Anita. En fait, il lui suffisait de lancer : « Salut, Drazic, à un de ces quatre », et tout serait terminé.

— On est arrivés, annonça Drazic.

Les portes s'ouvrirent dans un sifflement pneumatique et Anita descendit sur ses talons.

— C'est ça, ton endroit spécial ? demanda Anita en contemplant autour d'elle la courbe familière de la plage, l'herbe et les mouettes. Je suis venue ici des millions de fois.

— Tu n'as encore rien vu.

Anita regretta aussitôt ses paroles. Elle n'avait pas voulu le rendre de nouveau agressif et sur la défensive.

— D'accord.

— On peut tout annuler, si tu préfères, lui dit Drazic avec un brin d'irritation. Ça m'est égal.

— Tu vas arrêter, oui ? demanda Anita en riant. Je suis là, OK ? Je veux voir ce qu'il y a de si spécial. Vraiment.

— Alors suis-moi.

Drazic rentra les épaules et la précéda vers la plage.

Ils marchèrent sans rien dire sur le sable, Anita légèrement en retrait. Une fois encore, elle ne put s'empêcher d'admirer la carrure de Drazic. Avec ses larges épaules, ses cheveux noirs, ses hanches étroites, il était vraiment bien bâti. Même l'anneau sur son arcade sourcilière lui allait bien. Il faisait partie de son personnage, alors que, sur n'importe qui, cela aurait paru affecté.

Aucun doute, Drazic avait de la prestance, même s'il semblait ne pas en être conscient. Elle eut envie de le lui dire mais elle le connaissait assez pour être certaine qu'il rétorquerait quelque remarque mordante ou agressive. Il était tellement complexe...

Ils laissèrent derrière eux la partie publique de la plage pour emprunter un chemin hérissé de rochers. Anita regretta ses sandales légères. Plus d'une fois, le tranchant d'une pierre lui blessa le pied.

— C'est encore loin ? cria-t-elle à Drazic, cinquante mètres devant elle.

Il se retourna et attendit qu'elle le rejoigne.

— Un peu. Pas trop.

— Qu'est-ce que ça veut dire ?

— Peut-être dix minutes.

Il scruta son visage et fronça les sourcils.

— Écoute, tu as peut-être raison. Ça fait tout de même une trotte et il est déjà tard. Un autre jour, si tu veux.

— Tu plaisantes ? Après tout le mal que je viens de me donner ?

— La route est juste là-bas, fit Drazic en faisant un signe du menton. Tu n'as qu'à prendre un bus et rentrer chez toi.

— Drazic, soupira Anita, tu veux me montrer ce que tu as à me montrer, oui ou non ?

Il haussa les épaules.

— Parce que je n'ai pas envie de rentrer chez moi, ajouta-t-elle. J'ai vraiment envie de venir.

Dix minutes plus tard, ils atteignaient un coin broussailleux à l'extrémité de la plage. Il n'avait rien de plus ni de moins que ceux qu'ils venaient de traverser si laborieusement : la lumière filtrait à travers des branches grisâtres de chênes soyeux, tandis que des buissons rabougris cherchaient péniblement à se nourrir dans le sol aride.

Drazic avança au milieu des broussailles en lui faisant signe de le suivre. Tandis que ses pieds foulaient le tapis desséché de végétation, Anita fut saisie d'une atroce appréhension. Et si Drazic l'avait entraînée dans ce coin isolé sous un faux prétexte ? Que ferait-elle ?

Elle s'interdit d'avoir des pensées aussi bêtes. Elle regardait trop la télévision. Mais on disait que les femmes violées connaissaient souvent leur agresseur...

Allons donc, lui souffla une petite voix. Melanie t'a vue monter dans le bus, non ? Si tu ne revenais pas, si Drazic ne revenait pas non plus, elle préviendrait la police.

Super, rétorquait une autre voix. *Et s'il était trop tard ?*

Drazic se tourna vers elle en souriant.

— On y est presque.

Ils émergèrent des broussailles pour déboucher dans une clairière. Elle écarquilla les yeux : une maison en briques rouges se dressait là, solitaire bien que proche de la route inaccessible. Personne n'avait essayé d'agencer un semblant de jardin autour. Curieux, songea Anita. On s'attendrait à ce qu'une maison soit ornée au moins de quelques rosiers ou d'un ou deux hortensias. L'endroit semblait étrangement sauvage, comme si on venait d'apporter les briques et de monter la maison en kit en suivant un mode d'emploi, sans se soucier de son emplacement.

Une vieille voiture blanche était garée à côté sur l'herbe douce.

— Tant mieux, constata Drazic. Eric est là.

— C'est ça, ton endroit spécial ?

— Oui, répondit gaiement Drazic.

Il bondit sur l'accotement herbeux et frappa à la porte. Un homme aux cheveux gris vêtu d'un jean, d'un vieux T-shirt blanc et pieds nus vint ouvrir. Son visage plutôt austère s'éclaira à la vue de Drazic.

— Salut mon gars !

Drazic serra sa main tendue.

— Bonjour Eric. Je te présente Anita.

— Bien, bien.

Anita serra la main noueuse et tannée.

— Entrez. Vous voulez une tasse de thé ?

— Non merci, pas pour moi, répondit poliment Anita.

Elle suivit Drazic et Eric dans un salon et le long d'un couloir. Il régnait une odeur étrangement désagréable, qui rappelait des relents de sueur et d'humus.

Les autres la précédèrent dans ce qui ressemblait à une chambre, à l'arrière de la maison, qui renfermait plusieurs grands Shark Pools en verre. Anita s'apprêtait à demander si Eric élevait des poissons tropicaux quand il se pencha pour recueillir quelque chose au fond de l'un d'entre eux.

— Le voilà ! leur annonça-t-il fièrement.

Anita étouffa un cri. Eric brandissait un serpent. Noir, avec des écailles brunes, il faisait plus d'un mètre de long. Dégoûtée, elle le regarda lever et remuer la tête, une petite langue fourchue sortant de sa bouche.

— Il est magnifique, n'est-ce pas ? murmura Drazic. C'est un mocassin à tête cuivrée.

Eric reposa le serpent et en sortit deux autres. Il drapa le premier, couleur olive, autour de son cou, où le reptile s'accrocha comme une sinistre écharpe, et tendit l'autre vers Anita.

— Vas-y, touche-le, dit Drazic.

Elle secoua la tête, dégoûtée mais fascinée en même temps. Le serpent que tenait Eric était presque noir et plus court que les autres. Peut-être parce qu'il remuait moins que le mocassin ou l'autre serpent, il paraissait mauvais, meurtrier. Il sortait de temps en temps sa langue, paresseusement.

— C'est mon préféré, commenta Drazic avec admiration. C'est un taïpan, de la race des cobras. L'un des serpents les plus venimeux et les plus rapides au monde. Il peut te mordre deux fois avant que tu n'aies le temps de dire ouf. Comme ça !

Il tapa deux doigts sur le bras d'Anita.

— Arrête ! s'écria-t-elle avec un mouvement de recul.

— Tu sais comment il tue ? Il injecte un venin qui coagule le sang.

Anita frissonna et promena son regard autour d'elle. Il y avait six ou sept Shark Pools, abritant chacun un serpent, des thermomètres et des lampes munies d'ampoules rouges. Sur une étagère en verre, au-dessus des Shark Pools, elle vit une grande quantité de livres traitant tous, apparemment, des serpents et autres reptiles, ainsi que des flacons et des flasques dont les étiquettes affichaient des noms scientifiques. Il y avait aussi assez de seringues, de forceps et autres instruments chirurgicaux pour équiper un petit hôpital.

— Vous êtes scientifique ou quelque chose ? demanda-t-elle avec curiosité à Eric.

— Herpétologue, dit-il de sa voix éraillée, comme s'il ne parlait pas souvent. Spécialiste des reptiles. Je travaille pour le zoo. Je tiens aussi une clinique pour serpents, si l'on peut dire, ajouta-t-il en souriant. Il n'y en a pas beaucoup en ce moment ; normalement, vous en verriez une demi-douzaine de plus. Vous voulez un verre ? Une boisson fraîche ?

Anita et Drazic acceptèrent avec gratitude. Dès qu'Eric eut disparu dans la cuisine, Anita demanda :

— Drazic, comment as-tu connu...

— Eric ? Par hasard, répondit-il vaguement.

— Je ne savais pas que tu t'intéressais à la faune sauvage.

— Il y a des tas de trucs que tu ne sais pas sur moi, fit Drazic en riant.

Très juste, songea Anita.

— Les serpents te fascinent ? demanda-t-elle.

Il haussa les épaules.

— Je ne sais pas. Je les aime, c'est tout. Et quand on voit

un spécimen comme ce python vert olive, là-bas, on doit reconnaître qu'ils sont magnifiques.

— Hmm, fit Anita, peu convaincue. Ceux que tu préfères, ce sont les plus dangereux ?

— Oui, peut-être. Mais il y a autre chose.

Il se tut, et Anita insista :

— Qu'est-ce que c'est, alors ?

Drazic lui jeta un regard circonspect, comme s'il se demandait s'il pouvait se confier à elle. Quelques instants plus tard, il dit :

— C'est parce que tout le monde les déteste.

Il sourit, mais sans paraître amusé.

— Les gens détestent les serpents encore plus qu'ils me détestent moi.

— Mais les gens ne te détestent pas ! s'écria Anita.

En tout cas pas moi, pensa-t-elle. Plus maintenant. Mais elle pensa à Melanie, à Ryan.

— Oh, si, dit-il doucement. Tu le sais aussi bien que moi.

— Tu ne m'as toujours pas dit ce que tu viens faire ici.

— J'aime tous ces serpents, cette atmosphère, répondit-il d'un ton brusque. Je viens ici quand je n'ai pas la pêche.

— Je comprendrais que tu t'intéresses aux animaux, aux oppossums et à ce genre de choses, dit lentement Anita, mais tout de même, les serpents... ?

— C'est simple, fit Drazic en haussant les épaules comme si tout cela était dérisoire. J'aime les serpents. Et je me dis que s'ils supportent qu'on les déteste, je peux le supporter aussi.

Anita le considéra sans mot dire. Pour la première fois, elle commençait à comprendre que Drazic n'était pas insensible à ce que les autres pensaient de lui, qu'il n'appréciait pas forcément tant que cela son rôle de pitre. Tandis que ses paroles pénétraient son esprit, elle éprouva une tendresse inattendue pour ce garçon tempétueux, hargneux et susceptible à la personnalité tellement paradoxale.

*

— C'était incroyable, commenta-t-elle un peu plus tard, quand Eric eut refermé la porte derrière eux.

— Je t'avais dit que c'était un endroit spécial, fit Drazic en souriant.

— Je ne m'attendais pas à ce que ça me plaise, mais en fait, j'ai adoré.

Drazic parut heureux.

— Tu sais quoi ? proposa-t-il. La prochaine fois, c'est toi qui m'emmènes dans un endroit qui est vraiment spécial pour toi.

— Marché conclu.

Ils cheminèrent en silence. Anita se demandait ce qui allait se passer, maintenant.

— Alors, dit enfin Drazic, tu veux aller au Shark Pool ?

C'était un peu prématuré pour Anita.

— Quoi, maintenant ?

— Non, l'année prochaine. Bien sûr, maintenant !

— Oh ! fit Anita en fronçant les sourcils.

S'afficher au Shark Pool avec Drazic revenait exactement à déclarer publiquement qu'ils étaient ensemble.

— C'est que, j'ai des devoirs, je devrais plutôt rentrer travailler.

— Allez, oublie tes devoirs. J'y arrive très bien, moi !

— Ce n'est pas si facile.

Drazic fronça les sourcils.

— Message reçu, dit-il doucement. Je vais te faciliter la tâche. Je rentre chez moi, d'accord ?

— Ce n'est pas ça... commença Anita, gênée.

— À demain, dit Drazic.

— Drazic...

— Pas de problème, fit-il brièvement. À bientôt !

Et il s'éloigna, laissant Anita ruminer son désespoir.

8

— Tu t'es bien amusée chez Melanie ? demanda Ryan à Anita quand elle entra dans le salon.

— Pas mal.

Elle discerna dans sa voix un accent triomphal qui ne lui plut pas.

— Qu'est-ce que vous avez fait ?

Anita jeta son sac sur le canapé.

— Pourquoi ce subit intérêt pour Melanie et moi ?

— Je ne sais pas, répondit Ryan, songeur. Je me demande seulement quand vous allez arrêter de mentir, toutes les deux.

Anita, perplexe, lui lança :

— Pardon ?

— Tu n'étais pas avec Melanie. Tu es sortie avec Drazic.

Anita déglutit.

— Comment le sais-tu ?

— Devine.

Le cœur d'Anita se serra. Elle aurait dû se douter que, face à un interrogatoire en règle de Ryan, la pauvre Melanie s'effondrerait comme un château de cartes.

— Où tu as vu Melanie ?

— Au Shark Pool, elle prenait un café. Et laisse-moi te dire que je lui ai tiré les vers du nez, elle n'a pas eu le choix. En ce qui te concerne, ajouta-t-il en pointant l'index vers sa sœur, je te conseille de ne plus rien avoir à faire avec ce crétin. Parce qu'il n'y a qu'une chose qui l'intéresse.

— Je rêve, ma parole, tu me fais la morale ? s'exclama Anita. Pour qui tu te prends, pour Dieu le père ?

— Tout ce qu'il veut, c'est se vanter auprès de ses copains, dit Ryan d'une voix calme.

— Retire ce que tu viens de dire, jeta Anita, furieuse.

— Non, parce que tu sais très bien que c'est la vérité.

Sa suffisance, son assurance vinrent à bout de la patience d'Anita. Elle se jeta sur son frère, prête à cogner le visage, le ventre, tout ce qui lui tomberait sous le poing. Mais il esquiva aisément ses coups en levant le bras.

— Réfléchis à ce que je viens de te dire, Anita, conclut-il en montant dans sa chambre.

Anita rumina quelques instants, puis elle saisit le téléphone et composa un numéro. Quand Melanie décrocha, Anita lui dit exactement ce qu'elle pensait de sa trahison.

— Je suis désolée, s'excusa Melanie quand elle parvint enfin à placer un mot. Mais il avait l'air d'être déjà au courant.

— Pourquoi tu es sortie ? rétorqua Anita.

— J'avais envie d'aller prendre un pot au Shark Pool, c'est tout.

— Quelle idée de génie, lâcha Anita avec ironie.

— Qu'est-ce que tu voulais, que je reste cloîtrée chez moi simplement pour ne pas risquer de tomber sur Ryan ?

— C'est ce que j'aurais fait, moi ! s'exclama Anita.

— Je t'ai dit que j'étais désolée.

— Mais tu aurais pu inventer quelque chose...

— Ton frère m'a prise au dépourvu.

— Je veux dire, avant de sortir. Moi j'y aurais pensé.

— Ah oui, fit Melanie avec colère, eh bien, il faut croire que tu es plus douée que moi pour raconter des bobards.

— Trop aimable !

— C'est la vérité, non ?

Un silence s'établit. Puis, Anita reprit :

— Mel, tu n'es peut-être pas l'amie que je pensais avoir. À plus tard.

Et elle raccrocha.

*

Le lendemain matin, avant les cours, Anita se mit à la recherche de Drazic. Elle le trouva sur le terrain de basket.

— Salut, dit-elle gaiement.

— Tiens, tu me parles ? s'étonna-t-il.

— Évidemment, sourit Anita.

— T'es sûre ?

— Qu'est-ce que tu veux dire ?

— Je ne sais pas, fit-il, songeur. Il me semblait que tu ne voulais pas être vue en ma compagnie.

— Ce n'est pas ça ! protesta Anita.

Drazic se pencha vers elle.

— Oh, si c'est ça, justement ! dit-il d'une voix douce. C'est exactement ça. Et tu sais quoi ? J'en ai par-dessus la tête.

Consternée, Anita le regarda s'éloigner. Quand la cloche sonna, elle rentra dans la classe avec le flot des autres élèves, s'assit à sa place et fixa un point dans le vide, droit devant.

— Bonjour, lui dit Melanie en se glissant timidement à ses côtés.

Elle avait envie de se faire pardonner. Sans lui accorder un regard, Anita se leva et trouva une autre place. Melanie était au bord des larmes. Ryan se pencha vers elle.

— Je ne sais pas pourquoi c'est à toi qu'elle en veut, chuchota-t-il.

Melanie secoua la tête. Anita, qui avait entendu son frère, prit soudain une décision. Elle avança jusqu'à Drazic.

— Salut, Drazic, dit-elle à voix haute.

Et, sous le regard médusé de Ryan, de Melanie et des autres élèves de terminale, elle l'embrassa sur la joue.

*

C'était l'heure du déjeuner. Seule, Anita sortit de la classe et se dirigea vers le terrain de basket-ball. Sur le côté, elle vit Ryan qui parlait à Mai. Il semblait anxieux, tandis que Mai était, comme à son habitude, d'un calme imperturbable. Anita se demanda si Mai autoriserait un jour son frère à la connaître plus intimement. En tout cas, elle ne semblait pas vouloir d'amis, à plus forte raison d'un copain attitré. Ils levèrent les yeux lorsqu'elle passa devant eux ; l'expression de Mai était indéchiffrable.

Anita ne s'attarda pas pour leur parler. À l'autre bout du terrain, Drazic s'entraînait à faire des paniers.

Elle se sentait encore enivrée par son geste du matin. Cela avait été étrangement simple, beaucoup plus simple qu'elle ne l'aurait jamais cru possible. Un simple baiser sur la joue de Drazic avait banni une partie de ses inquiétudes ; chassé la peur d'être jugée par Melanie et les autres.

Certes, elle doutait encore d'elle mais beaucoup moins qu'avant. En avançant vers Drazic, Anita songea que Ryan pouvait toujours essayer de l'intimider, que Melanie pouvait toujours la sermonner et que Katerina pouvait toujours lui lancer des remarques perfides, cela lui était bien égal. Quoi qu'ils fassent, elle était avec Drazic.

En la voyant arriver, Drazic cessa de lancer le ballon et lui sourit.

— Salut.

— Salut, répondit Drazic.

— À mon tour.

— Je ne savais pas que tu t'intéressais au basket, s'étonna-t-il. Tu fais une partie ?

Elle éclata de rire.

— Je n'ai aucune chance. Non, je voulais dire que c'est à mon tour de t'inviter. Tu veux venir dîner chez moi un de ces jours ?

Drazic lui lança un regard dur.
— Sûrement pas.
— Oh, fit Anita, dépitée, pourquoi ?
— Ryan ne peut pas me saquer. Et ta mère non plus, sans doute.
— Qu'est-ce que tu en sais ?
Drazic haussa les épaules.
— D'accord, reprit-elle, et si on allait chez toi, alors ?
Drazic se figea.
— Non.
— J'aimerais bien rencontrer tes parents.
— Ça, ça m'étonnerait, ricana Drazic.
Il bondit et lança le ballon dans le filet.
— Dans ce cas... fit Anita sans trop savoir quoi ajouter.
— N'en fais pas trop, Anita, conseilla Drazic. La famille, ça me rend nerveux.
Il continuait à faire rebondir le ballon sur le terrain.
— C'est tout de même incroyable, non ! s'exclama Anita. 0n est censés être ensemble et j'ignore tout de toi.
— Ça te ferait une belle jambe, répondit Drazic sans la regarder, concentré sur son ballon.
— Non, Drazic, sérieusement, insista Anita. Je ne sais pas si tu as des frères et des sœurs, ce que font tes parents, où tu habites...
Drazic rattrapa le ballon et s'approcha d'Anita.
— Laisse tomber, je te dis. Et que les choses soient claires. Je ne suis pas un gentil garçon de bonne famille avec papa, maman et le toutou, et on ne mange pas de poulet rôti le dimanche midi, d'accord ?
Anita essaya de garder un ton détaché.
— C'est dirigé contre moi ? C'est ainsi que tu me vois ?
Drazic haussa les épaules.
— C'est toi qui le dis.
Anita lui prit le ballon.
— Tu te prends pour qui, Drazic ? Qu'est-ce que tu sais de moi ? Tu crois que je suis juste une minette qui ne pense

qu'à des futilités : « Oh, Anita, vous savez, elle a une vie tellement facile, tellement bourgeoise, elle a tout ce qu'elle veut. » Eh bien tu te trompes, Drazic, tu te mets le doigt dans l'œil jusqu'au coude ! Et tu l'aurais vite compris si tu t'étais seulement donné le mal de t'intéresser à moi.

Anita jeta le ballon de toutes ses forces contre le grillage métallique.

— Du calme, fit Drazic doucement, heureusement que ce n'était pas moi.

Il avait la tête inclinée sur le côté, une expression perplexe dans le regard. Anita aurait voulu rester de marbre mais elle ne put s'empêcher de sourire.

— D'accord, dit Drazic, je regrette ce que j'ai dit. Je ne recommencerai plus, c'est promis. On fait la paix ?

Anita hocha la tête. Ils se sourirent.

— Hem.

Drazic regarda par-dessus l'épaule d'Anita et fit une grimace.

— Tiens, voilà ta grande copine.

Anita se retourna et vit Melanie qui marchait dans leur direction, l'air déterminé.

— Salut, fit Anita prudemment.

Melanie adressa un regard songeur à Drazic, puis l'ignora.

— Ça tient toujours pour demain soir ? demanda-t-elle à Anita.

— Je pense, oui, répondit cette dernière sans enthousiasme.

— Très bien, fit Melanie en toisant Drazic comme s'il était la forme de vie humaine la plus méprisable. À tout à l'heure.

— Qu'est-ce que vous devez faire ensemble ? interrogea Drazic.

— Il y a une réunion d'orientation à la fac. Melanie n'a pas envie d'y aller seule, elle voudrait se renseigner pour suivre un double cursus.

— Un double cursus, rien que ça ? fit Drazic, moqueur.

— Oh, elle y arrivera, sans problème ! Je veux dire, elle travaille dur.

Drazic fit une grimace dans le dos de Melanie.

— Oui, je suppose, concéda-t-il. Je sais que c'est ton amie, mais elle me tape sur le système.

— Elle est sympa, dit Anita sans grande ardeur.

Apparemment, il allait falloir qu'elle choisisse entre Drazic et sa meilleure amie. Pas vraiment réjouissant, comme perspective.

Après les cours, Drazic lui proposa de la raccompagner. Dix minutes plus tard, ils s'arrêtaient devant la maison des Scheppers. Drazic, qui tenait la main d'Anita, l'attira contre lui.

— Tu veux recommencer ce que tu as fait ce matin ? demanda-t-il avec un sourire.

— Bien sûr.

Anita rit et déposa un baiser rapide sur sa joue.

— Non... Pas comme ça.

Peu après, Anita émergea, hors d'haleine, de son étreinte.

— Hou là là.

— Hou là là, répéta Drazic, moqueur.

— Allez, viens, dit Anita en le prenant par la main. Tu verras, maman va te plaire.

— Oui, mais après le grand méchant Ryan va me tomber dessus.

Anita éclata de rire.

— Comme si tu ne savais pas te débrouiller tout seul !

— Non. Sans toi, je suis perdu.

— Quel menteur !

— C'est vrai, mais je suis tellement gentil, non ?

— Mmm. Je vais y réfléchir.

Ils s'embrassèrent de nouveau, longuement, impérieusement. Enfin, Anita s'écarta.

— Viens dîner demain soir, je t'en prie ?

Drazic réfléchit.

— Peut-être.
— Je prends ça pour un oui.
Anita reprit la main de Drazic, puis fronça soudain les sourcils.
— Zut ! J'ai promis à Melanie de l'accompagner, demain soir. On peut remettre ça à un autre jour, dans la semaine ?
— Désolé, cette semaine, je ne suis libre que demain.
Anita le considéra, sourcils froncés.
— C'est vrai ?
— Oui. On n'a qu'à repousser ça à plus tard, si tu veux.
— Non, ce n'est pas grave. Je m'excuserai auprès de Melanie. Disons demain soir, alors ?
— D'accord.
— Super ! s'écria Anita, radieuse. Tu viens dire bonjour ?
Ils trouvèrent Hilary dans le salon.
— Salut, maman.
— Bonsoir.
Hilary, qui rentrait juste du travail, hocha poliment la tête.
— Bonjour, dit Drazic, aussi circonspect qu'elle.
Soudain, Anita vit Drazic à travers les yeux de sa mère : un garçon dur et maussade avec une barbe de deux jours et un anneau en argent à la paupière, en jean noir et T-shirt blanc. Pas vraiment le gendre idéal. Elle soupira. Allait-elle aussi devoir batailler contre sa mère ?
— As-tu des frères et des sœurs, Drazic ? demanda Hilary.
— Oui, répondit Drazic.
Silence.
— Et que font tes parents ?
— Ils travaillent, tous les deux.
Nouveau silence. Au bout de quelques instants, Anita intervint :
— Maman, Drazic peut venir dîner demain soir ?
Hilary fit un sourire légèrement forcé.

— Bien sûr.
— Merci, fit Drazic brusquement avant de se tourner vers Anita. Il faut que j'y aille.
— Je t'accompagne, dit Anita.
— Non, c'est bon.
Elle prit rapidement congé à la porte et retourna à la cuisine.
— Alors, qu'est-ce que tu penses de lui ? demanda-t-elle à sa mère, impatiente.
Hilary hésita.
— C'est difficile à dire.
— Allez !
— Eh bien, fit lentement Hilary, il est intéressant.
Son ton ne trompa pas Anita. Elle contempla sa mère.
— Tu ne l'aimes pas trop, hein ?
— Eh bien, soupira Hilary, il faut reconnaître qu'il n'est pas très bavard.
— En tout cas, déclara Anita, moi je l'aime bien.
Sa mère sourit.
— Du moment que tu es heureuse, ma chérie, je suis contente.
Anita comprit qu'elle devrait se contenter de cela pour l'instant. Peut-être Drazic parviendrait-il à charmer sa mère le lendemain soir, au dîner.
La porte d'entrée s'ouvrit brutalement.
— M'man ?
— Je suis là, Ryan.
Un moment plus tard, Ryan entrait dans la cuisine, rayonnant.
— Devine qui est là avec moi ?
— Nelson Mandela ? suggéra Anita.
Ryan la fusilla du regard avant de s'écrier, à la façon d'un prestidigitateur :
— Ta-daaa !
D'un geste de la main, il montra la porte derrière lui. Un instant plus tard, un très beau garçon blond en short,

T-shirt et baskets apparaissait. Ses pectoraux, ses épaules et ses jambes bronzées trahissaient de nombreuses heures de musculation.

Il sourit de toutes ses dents blanches.

— Bonjour, Mme Scheppers. Bonjour Anita.

— Mon Dieu, Warren !

Hilary le serra contre elle. Il la dépassait d'une tête.

— Que fais-tu ici ?

— Il a une épreuve de rugby demain et il est arrivé un peu plus tôt, expliqua Ryan.

— Oui, fit Warren de sa voix veloutée. Histoire de jouer détendu, vous comprenez. Voyager le jour même d'un match n'est pas idéal pour être au mieux de sa forme.

Warren Halenski était le meilleur ami de Ryan depuis l'école primaire de Stockton, près de Newcastle. Quand Hilary et Jeff Scheppers s'étaient séparés et qu'Hilary était venue s'installer à Sydney avec Anita, Ryan était resté avec son père et avait continué à voir Warren. Ils avaient toujours été inséparables. La perspective de quitter Warren et ses copains pour venir faire ses études à Hartley avait dû déprimer encore plus Ryan.

— Tu vas dormir ici, j'espère ? dit Hilary.

Ryan adressa à son ami un sourire signifiant : « Tu vois, je te l'avais dit ! »

— Merci beaucoup, madame Scheppers, fit Warren avec gratitude. J'espérais bien que vous m'inviteriez.

— J'ai la pêche ! s'exclama Ryan. On revient du gymnase.

— Ce qui est une expérience nouvelle pour toi, Ryan, non ? dit Hilary.

— Tu as l'air en pleine forme, dit Warren à Anita en lui souriant.

Elle fut incapable de lui rendre son sourire. Les Messieurs Muscles, ce n'était pas son type. Warren avait toujours eu un béguin pour elle, en particulier à l'école primaire. À l'époque, bien sûr, elle n'était pas intéressée. Il était plutôt malingre et appliqué, maintenant il semblait imbu d'une confiance frisant le ridicule. Sans doute le résultat de ses spectaculaires pectoraux tout neufs, sans parler des muscles de ses bras et de ses jambes, résultat de quelques mois d'entraînement.

— Et toi tu as l'air... en formes pleines, réussit-elle à dire.

— Oui, mais attention, pas un gramme de graisse là-dessus ! précisa Warren en frappant fièrement son ventre avec enthousiasme. Ryan m'a dit que tu sortais avec quelqu'un ? ajouta-t-il.

Anita jeta un coup d'œil vers son frère. Elle imaginait trop bien le genre de topo qu'il avait pu dresser à son copain.

— Oui, dit-elle avec désinvolture. Il vient dîner demain soir, d'ailleurs.

Ryan sursauta.

— Quoi ? Drazic ? s'écria-t-il en se tournant vers sa mère. En quel honneur ?

— Ne t'énerve pas, Ryan, fit Hilary d'un ton sévère.

— Comment as-tu pu la laisser faire ça, m'man ?

— Je te répète qu'Anita est chez elle ici au même titre que toi. Elle a le droit d'inviter qui elle veut.

— J'ai hâte de rencontrer ton nouveau copain, dit Warren à Anita.

— Ah oui ? grogna Ryan. Tu es bien le seul.

Warren éclata de rire.

— Je ne savais pas du tout que vous vous détestiez à ce point, Drazic et toi, s'étonna Hilary. Eh bien, ce dîner vous donnera l'occasion de vous réconcilier, n'est-ce pas ?

Typique de maman, songea Anita. Toujours à rêver qu'on forme une grande famille unie. Quel optimisme !

— Ne prends pas tes désirs pour des réalités.

— Ryan !

— Mais tu ne connais pas ce type, maman ! bondit Ryan, de plus en plus agité. C'est un opportuniste et un flemmard.

— Ce n'est pas vrai ! s'écria Anita.

— Je te conseille de cacher ton portefeuille, maman, c'est la première chose qui disparaîtra.

Ryan jeta un regard noir à sa sœur.

— Tu l'as invité exprès, hein ? Parce que tu sais que je ne peux pas le sentir ?

— Désolée de te décevoir, répondit Anita avec calme, mais mon univers ne tourne pas autour de toi, au cas où tu ne l'aurais pas remarqué.

Warren se mit à rire.

— Toujours prête à démarrer au quart de tour, hein, Anita ?

— Une petite précision, Warren : je ne suis toujours prête à rien du tout pour toi.

Sur ce, elle tourna les talons.

*

Le lendemain soir, à six heures, Anita contemplait son reflet en fronçant les sourcils. Elle avait plutôt bonne mine ; la coiffure, ça allait. Heureusement, elle s'était lavé les cheveux la veille. Ils tenaient toujours mieux que le jour même du shampooing. Et si elle les relevait ? Non, Drazic ne l'avait jamais vue avec un chignon, il allait penser qu'elle avait fait un effort spécial pour lui. Du rouge à lèvres ? Celui que Melanie lui avait offert, par exemple... Non, il était trop vif.

— Melanie est là, ma chérie ! appela sa mère.

Zut ! Elle avait complètement oublié de prévenir Melanie qu'elle ne pourrait pas l'accompagner ce soir.

— Anita ?

Sa mère frappa à la porte et entra.

— Maman, tu ne peux pas lui dire que je suis malade ? J'ai oublié qu'on devait sortir ensemble.

— Non. Dis-lui simplement que tu avais oublié et que tu as pris un autre engagement. Elle comprendra.

Anita songea à la réaction de Melanie si elle connaissait la véritable raison du changement de programme.

— Oh, maman, reviens sur terre !

— D'accord, fit Hilary, amusée. Je vais lui dire que tu es ailleurs depuis que tu sais que tu as un ami qui vient dîner ce soir.

Anita leva les yeux au ciel.

— Merci, maman, je vais me passer de tes services.

Elle posa son rouge à lèvres et suivit sa mère dans le salon. Debout à côté du canapé, Melanie paraissait mal à l'aise. Curieusement, elle n'était jamais détendue, chez Anita ; ni chez personne, d'ailleurs. Ce jour-là, son allure empruntée irrita Anita plus que d'habitude.

— Salut, Mel, dit-elle. Désolée mais je ne peux pas venir. Il y a eu de l'imprévu.

Le visage de Melanie se décomposa.

— Je regrette, c'est un truc de famille, ajouta Anita avec désinvolture. Je suis un peu obligée d'être là.

— Veux-tu rester dîner, Melanie ? proposa Hilary. C'est le moins que nous puissions faire...

— Hmm, eh bien... hésita Melanie.

— Il vaut mieux remettre cela à une autre fois, tu ne crois pas ? dit Anita d'un ton qu'elle essaya de garder enjoué.

— Oui, dit Melanie à son grand soulagement. Merci, madame Scheppers, mais il y a une réunion d'orientation à l'université ce soir et je ne voudrais pas la rater...

— Non, ce serait bête, approuva Anita en hâte. C'est vraiment important pour toi.

Elle la raccompagna à la porte.

— Une autre fois, d'accord ?

Elle déposa un baiser sur la joue de son amie.

— Passe une bonne soirée, dit Melanie, visiblement perplexe.

— Oui, toi aussi. Et excuse-moi encore.

Dès que la porte fut refermée, Anita se tourna vers sa mère.

— Maman, je t'aurais tuée !

— Qu'est-ce que j'ai fait ?

— Tu as invité Melanie à dîner ! fit Anita en poussant un soupir excédé.

— Mais c'est ta grande amie, non ?

— Drazic la déteste !

— Je vois, fit sèchement Hilary. Alors c'est Drazic qui fait la loi ?

— Non, ce n'est pas ce que je veux dire, corrigea Anita avec impatience. Mais ça va déjà être assez difficile avec Ryan et Warren. On n'a pas besoin de Melanie en plus.

9

Quand Anita ouvrit la porte à Drazic vingt minutes plus tard, elle ne savait pas si elle devait rire ou être embarrassée. Il se tenait sur le seuil, la mine renfrognée, en pantalon de toile et T-shirt gris repassé, ses cheveux noirs implacablement peignés en arrière. Il portait une veste à carreaux qui semblait appartenir à quelqu'un d'encore plus costaud que lui. Ses joues étaient roses comme s'il les avait frottées à la laine de verre et même son anneau à l'arcade sourcilière semblait avoir été astiqué pour l'occasion.

Il avait fait un tel effort et semblait tellement nerveux et mal à l'aise qu'Anita en fut touchée.

— Bonsoir, dit-elle en l'embrassant sur la joue.

— Salut. Tiens, dit-il en lui tendant un bouquet de freesias blancs et jaunes. C'est pour ta mère.

— Merci, ça va lui faire plaisir.

Hilary vint à la porte avec un sourire de bienvenue.

— Maman, regarde ce que Draz t'a apporté.

Elle le remercia et, pendant qu'ils allaient vers le salon, Anita demanda :

— À qui as-tu piqué cette veste ?

— À mon père, répondit brièvement Drazic.

— Il a plutôt dû la piquer, commenta Ryan, assis sur le canapé avec Warren.

— Ryan ! dit sèchement Hilary.

— Tu as bien ciblé le profil, mon pote, dit Warren à son ami.

Alors ils ont décidé de faire sa fête à Drazic, songea Anita. Charmante soirée en perspective.

— Tu ne connais pas Warren, le copain de Ryan, n'est-ce pas, Drazic ? dit Hilary. Warren, je te présente Drazic.

Warren serra la main de Drazic, qui tressaillit.

— J'espère que je ne t'ai pas fait mal, vieux, dit Warren avec hypocrisie.

Comme Drazic ne répondait pas, il ajouta dans sa barbe :

— Anita est ravissante, je ne vois pas ce qu'elle te trouve.

— Eh bien, vieux, répondit lentement Drazic, peut-être que je lui plais parce que je suis tout le contraire de toi.

Il sourit aimablement.

Anita n'avait rien perdu de leur petit échange. Premier round pour Drazic, songea-t-elle. Bravo.

— Voulez-vous passer à table ? demanda Hilary.

Vingt minutes plus tard, ils terminaient le poulet.

— Encore un peu de riz, Warren ? proposa Hilary.

Il secoua la tête.

— Non, merci, madame Scheppers. J'ai eu ma ration d'hydrates de carbone pour ce soir. Je dois penser à l'entraînement avant tout, vous savez, ajouta-t-il en avalant une bouchée de poulet. Mon objectif, c'est le rugby à treize. Et si on a la chance de pouvoir devenir professionnel...

— Alors ce n'est pas seulement pour le sport ? fit Hilary.

Warren hocha la tête.

— Ça forge le caractère.

Hilary se tourna vers Drazic.

— Et toi, Drazic ? Tu joues au rugby ?

Drazic n'avait pas beaucoup participé à la conversation pendant le dîner. Ryan et Warren avaient passé la plupart du temps à comparer le Championnat et les règles du rugby australien, à évoquer le rôle de la Superleague et la vie qu'ils avaient menée à Newcastle. À croire qu'ils choisissaient délibérément des sujets sans aucun intérêt pour Drazic, songea amèrement Anita.

— Non, répondit-il en secouant la tête. J'ai arrêté l'an dernier. L'entraînement, la compétition... J'en avais ras le bol.

— Justement, c'est tout l'intérêt de la chose, objecta Warren. La compétition.

— Je te laisse ma place, fit Drazic avec une pointe de mépris.

Warren s'empourpra.

— Si tu arrêtais de fumer et si tu connectais un peu tes neurones, pour une fois, tu changerais peut-être d'avis, répliqua-t-il.

— Hé, on se calme ! tempéra Anita.

Drazic repoussa son assiette. Pour la première fois de la soirée, il donna l'impression de commencer à s'amuser.

— Pourquoi ? demanda-t-il avec calme. Pour devenir une montagne de muscles comme toi ? Non merci, je sais ce qu'on est obligé de faire pour obtenir ce résultat.

— Qu'est-ce qui ne te plaît pas ? Tu veux dire que mes muscles ne sont pas naturels ? Que je prends quelque chose ?

— Moi, raconter un truc pareil ? fit Drazic innocemment.

— Parfaitement, tu l'as dit ! s'écria Warren, de plus en plus énervé.

Avec horreur, Anita regarda une veine saillir sur son front.

— Je sais très bien ce que tu sous-entends.

— Il ne sous-entend rien du tout, Warren !

Sans écouter Anita, Warren se leva à moitié. Drazic s'adossa à sa chaise en souriant.

— Tu te prends pour Terminator ? demanda-t-il.

— Si c'est la bagarre que tu cherches, tu vas l'avoir !

Il était debout, maintenant, les poings serrés.

— Du calme, les garçons ! dit Hilary. Pas de bagarre sous mon toit, est-ce clair ?

Warren repoussa brutalement sa chaise, qui se fracassa sur le sol.

— D'accord. Viens dehors, si tu es un homme. Et ose répéter ce que tu as dit !

— Hé là ! s'interposa Ryan en se levant à son tour. Tu vas trop loin, Warren. Allons, viens, dit-il en posant une main sur le bras de son ami.

— Ne me touche pas !

— Dis-moi, demanda Drazic, qui semblait franchement s'amuser, c'est quoi, ton problème, exactement ?

Avant que Warren ne puisse lui balancer un coup de poing, Ryan prit son ami par les épaules.

— Arrête ! dit-il.

— Lâche-moi ! s'écria Warren. Quant à toi, tu me le paieras, lança-t-il à Drazic tandis que Ryan l'emmenait hors de la pièce.

Les trois autres demeurèrent assis en silence. Hilary contemplait son assiette. Écarlate, Anita était presque en larmes. Seul Drazic restait impassible.

— Bien, fit Hilary en inspirant profondément. Comment ça va, à l'école, Drazic ?

*

— Quel cauchemar ! gémit Anita en raccompagnant Drazic à la porte. Je suis désolée, vraiment désolée.

Drazic haussa les épaules, comme si cela lui était égal.

— C'est un con, qu'est-ce que tu espérais ?

— Personne ne mérite ce qu'il t'a fait.

— Il ne m'a rien fait. Oublie ça.

— Je le déteste, je n'ai jamais pu le supporter.

— Ce n'est pas grave, répéta Drazic, légèrement impatient. Ça ne change rien entre nous.

Anita le regarda, déconcertée. Pourquoi cela aurait-il changé quoi que ce soit ?

— Je suis vraiment désolée, redit-elle. Tu ne veux pas rester encore un peu ? Il est tôt.

— Non, je crois que je vais passer au Shark Pool.

Que Drazic préfère jouer au billard plutôt qu'être avec elle déprima Anita.

— Viens par là.

Drazic se pencha et l'embrassa.

— À bientôt.

La porte se referma derrière lui. Au bord des larmes, Anita retourna dans le salon en traînant des pieds. Hilary empilait les assiettes.

— C'était affreux, se lamenta Anita. Drazic doit nous prendre pour les gens les plus nuls qu'il ait jamais rencontrés.

— Tu n'exagères pas un tout petit peu ?

— C'est vrai, il a toujours été un peu marginal. Après ce qui vient de se passer, il va se sentir plus exclu que jamais.

Ses yeux bleus exprimaient toute la détresse du monde.

— Il n'a vraiment pas besoin de ça.

— Tu as tout à fait raison, approuva Hilary en essayant de réprimer un sourire.

— Pour toi, c'est une vaste plaisanterie, n'est-ce pas ?

— Non, non, se défendit Hilary, peu convaincue.

— Si !

— Écoute, je suis désolée mais ce n'est tout de même pas la fin du monde. Je ne me rendais pas compte que Ryan et Drazic se haïssaient à ce point.

— Je ne veux plus jamais revoir Warren de ma vie, s'écria Anita avec passion.

— D'accord. Tu veux finir de débarrasser la table ?

À cet instant, Ryan et Warren revinrent dans la pièce.

— Maman, Anita, commença Ryan d'un air sérieux.

— Qu'est-ce que tu veux ? demanda Anita en le foudroyant du regard.

— Drazic est encore là ?

Anita fit un geste englobant le salon.

— Tu le vois ?

— Bon. Euh... Warren a quelque chose à dire.

Cramoisi, Warren était dans ses petits souliers. Il bafouilla une excuse qu'il avait visiblement répétée.

— Je suis désolé d'avoir fait cette scène, madame Scheppers, conclut-il, penaud.

— Il est un peu tard pour être désolé ! éclata Anita. Tu as gâché la soirée.

Mais Hilary considérait Warren d'un air songeur.

— Je ne t'avais jamais vu t'emporter de cette façon, Warren. Tu as toujours été plutôt calme, si mes souvenirs sont bons.

— Hum, eh bien, il faut croire qu'on change, éluda Warren.

— Pas à ce point, dit lentement Hilary. Et puis, tu es tellement musclé, maintenant... Warren, tu prends soin de ta santé ?

— Écoutez, je vous ai fait mes excuses.

Warren paraissait de nouveau sur le point de craquer.

— D'accord, d'accord, merci. Excuses acceptées. Mais tu ferais mieux d'apprendre à te maîtriser, Warren. Tu ne feras pas une longue carrière dans le rugby si tu continues comme ça.

*

Le lendemain matin, Anita prenait son petit déjeuner dans la cuisine. Le jeudi n'était pas l'un des jours les plus chargés à l'école, ce qui avait du bon et du mauvais. Du bon parce qu'elle avait deux ou trois heures à tuer après le déjeuner ; du mauvais parce que cela lui donnerait du temps pour parler à Drazic, or jusqu'à présent elle n'avait toujours pas décidé ce qu'elle allait lui dire. Plus elle songeait à l'incident de la veille, plus elle se sentait mal.

— Bonjour, lui dit sa mère, prête pour aller travailler, son uniforme sur le bras. Je suis de l'équipe du matin, expliqua-t-elle devant le regard interrogateur de sa fille.

Warren et Ryan descendirent.

— Bonjour, madame Scheppers, dit Warren.

Il était en short et baskets.

— Tu vas courir ? demanda Hilary.

— Oui, mais sans trop forcer, aujourd'hui. À plus tard, fit-il en quittant la pièce.

Hilary et Anita avaient toutes les deux remarqué qu'il avait une main bandée.

— Que lui est-il arrivé ? demanda Hilary à son fils.

Ryan haussa les épaules.

— Il s'est blessé hier soir.

— Allons, Ryan, fit Hilary avec impatience, je ne suis pas née de la dernière pluie. Il s'est battu ?

— Je n'en sais rien.

Anita scruta le visage de son frère.

— Où êtes-vous allés après le dîner, tous les deux ? demanda-t-elle.

— On est juste sortis, répondit Ryan, visiblement mal à l'aise.

— Ce ne serait pas au Shark Pool, par hasard ?

— Pourquoi ?

— Hum, fit Anita. Et vous n'y auriez pas rencontré quelqu'un ? Quelqu'un que vous ne trouvez pas sympa ?

Ryan dansait d'un pied sur l'autre.

— Où veux-tu en venir, Anita ? interrogea sa mère sans se départir de son sang-froid.

— Ça crève les yeux, non, maman ? Ces deux abrutis sont allés au Shark Pool hier soir et ils se sont battus avec Drazic.

— Est-ce vrai, Ryan ?

— Plus ou moins, marmonna Ryan.

— Et comment va Drazic ?

— Oh, ça va, répondit Ryan avec sarcasme. Une bonne lobotomie et il n'y paraîtra plus rien.

— Et Warren s'est blessé à la main, conclut Hilary. Je suppose qu'il est inutile de demander qui a cherché l'autre ?

Ryan garda le silence.

— Intéressant. Warren a beaucoup changé, Ryan. Tes copains et toi, vous avez toujours été un peu bagarreurs, mais maintenant il est très agressif... Il prend des stéroïdes, n'est-ce pas ?

— Des quoi ?

Mais l'indignation de Ryan n'aurait pas convaincu un enfant de quatre ans.

— Hier soir, il a perdu les pédales, poursuivit Hilary. C'est typique des gens qui prennent des stéroïdes. Et laisse-moi te dire les autres effets que produisent ces trucs-là, Ryan. Hormis les sautes d'humeur, je veux dire. Ils sont dangereux pour le cœur et détruisent le foie. En outre, ils peuvent vous ramener les testicules à la taille de deux petits pois.

— C'est vrai ? s'exclama Ryan en contemplant sa mère avec horreur.

— Oui. Tu devrais peut-être en parler à ton copain.

*

Dès qu'elle arriva à l'école, Anita chercha Drazic. Que lui avait fait Warren ? Drazic n'avait besoin de personne mais il ne pouvait pas rivaliser avec une masse musculaire pareille.

Quand elle le vit, ses cheveux en bataille, avec un œil au beurre noir et boitillant, elle courut vers lui.

— Tu vas bien ? Qu'est-ce qui s'est passé ?

— Je me suis fait tabasser par ton frère et son copain. J'ai pas trop la forme. J'ai mal partout.

— Oh, mon pauvre !

— Ryan l'a retenu mais il m'a touché une fois ou deux.

On aurait dit qu'il était passé sous un camion.

— Je meurs de faim, avoua Drazic, mais j'ai pas pris d'argent.

— Je vais te chercher quelque chose à la boutique du coin de la rue, s'empressa de dire Anita. Qu'est-ce que tu veux ?

— Un friand à la saucisse et un paquet de cigarettes, s'il te plaît.

— Drazic !

— Oh, s'il te plaît ! supplia Drazic. Juste aujourd'hui. J'ai besoin de me remonter le moral.

— D'accord, céda Anita à contrecœur. Je reviens tout de suite.

En remontant la rue, Anita se sentait un peu rassurée. Drazic n'était pas à l'article de la mort s'il tenait tellement à ses cigarettes. Mais elle ne pouvait s'empêcher de ne pas approuver qu'il fume.

Elle se dirigeait vers la classe quand elle vit Ryan en grande conversation avec Mai, qui secouait la tête presque avec animation, ce qui chez elle était très rare. Anita n'hésita pas à rompre leur tête-à-tête.

Lorsqu'elle s'approcha, elle entendit Mai protester :

— Non, Ryan, ce n'est pas vrai. Je t'aime bien, seulement je ne suis pas sûre que...

— Ryan ! appela Anita.

— Oh, salut !

Il leva les yeux au ciel comme si sa sœur était la dernière personne qu'il avait envie de voir.

— Tu dois être content de toi, dit Anita. Deux contre un, bravo !

— Hé, doucement, c'est Warren qui s'en est pris à Drazic, pas moi.

— Bien sûr, fit Anita. Et Warren aurait su tout seul où trouver Drazic, n'est-ce pas ? C'est étonnant, il est en ville depuis cinq minutes et il sait déjà où se trouve le Shark Pool.

— À tout à l'heure, dit Mai à Ryan.

— Non.

Il lui mit une main sur l'épaule pour la retenir mais elle s'éloigna.

— Pardon. Je ne voulais surtout pas interrompre une scène avec ta *petite amie*.

— Mais qu'est-ce que tu as, bon sang ?

— Qu'est-ce que j'ai ?

— Oui ! Si tu te voyais, c'est ridicule de prendre la défense de ce minable ! Tu ferais n'importe quoi pour lui, hein ? Tu lui achètes même ses cigarettes !

Il rit.

— Tu veux mon avis ? Il l'a bien mérité, ce qui lui est arrivé.

Anita le contempla avec stupeur.

— Alors c'est toi qui as demandé à ton monsieur muscles de lui sauter dessus. Félicitations.

— Non, Anita, ce n'est pas comme ça que les choses se sont passées. On est allés au Shark Pool, c'est vrai. Il n'y a pas grand-chose d'autre à faire, par ici, tu le sais très bien. Et Drazic a encore fait une remarque à Warren sur sa carrure. Warren a explosé mais c'est Drazic qui a commencé.

— Et ça ne t'a fait ni chaud ni froid, je parie.

— Si tu veux tout savoir, non. Je vais même te dire plus, j'ai pris mon pied. Et si je pensais qu'en tabassant Drazic ça pouvait l'éloigner de toi, je le ferais. Moi-même, avec mes petits poings.

— Tu me vois profondément touchée, lâcha Anita. J'ignorais que tu te souciais tant de mon bien-être.

— Je ne suis pas le seul. Tu as parlé à tes amis, récemment ? ajouta-t-il en la regardant avec sérieux. On est tous inquiets pour toi, Neet. Melanie, Katerina, Charlie, moi. On trouve simplement que Drazic n'est pas quelqu'un de fréquentable.

— Ah oui ?

*

— Eh bien quand j'aurai besoin des conseils de mes soi-disant amis, je les sonnerai. En attendant, Ryan, occupe-toi de tes oignons.

La journée fut éprouvante. Anita vit à peine Drazic et évita Melanie et les autres. Elle leur en voulait énormément – comment osaient-ils parler d'elle dans son dos ? En rentrant seule chez elle cet après-midi-là, Anita dut se rendre à l'évidence : elle allait peut-être devoir faire un choix très douloureux entre Drazic et ses amis.

Ryan et Warren étaient déjà à la maison. En ouvrant la porte, elle entendit de loin Warren raconter :

— J'ai marqué deux essais. Je n'ai jamais aussi bien joué de ma vie, j'étais en état de grâce. Les sélectionneurs ont dit que j'étais pris à coup sûr. Un don naturel, ont-ils dit.

— Bravo ! le félicita Ryan avec enthousiasme.

Anita était surprise par le ton de Warren : il ne semblait pas du tout content de lui. Quand elle franchit le seuil de la cuisine, elle vit qu'il n'avait pas l'air satisfait non plus.

— Ce n'est pas ce que tu voulais ? s'étonna Ryan. Être intégré à l'équipe ?

— Si, bien sûr. Mais j'ai subi un contrôle antidopage il y a quelques semaines, comme tous les autres.

— Et ils ont trouvé...

— J'ai eu les résultats aujourd'hui, annonça Warren avec désespoir. Positifs. Je suis fini.

Ryan et Anita échangèrent un regard. Malgré sa colère contre Warren, Anita éprouva un élan de compassion ; il était complètement abattu.

— Allez, le consola Ryan, ce n'est pas la fin du monde. Ça repousse les choses d'un an, c'est tout.

— Je sais, mais...

Warren déglutit, visiblement au bord des larmes.

— Tu ne sais pas ce que c'est les anabolisants... avoua-t-il. Quand tu en prends, tu es dans une forme extraordinaire.

— Mais tu es un excellent joueur, de toute façon !

— Non, Ryan, fit Warren en secouant la tête, pas sans ces produits... Tu vois, je pensais vraiment passer à travers les mailles du filet... Tant pis pour moi.

— Hé, dit doucement Ryan, allez...

— Tu ne comprends pas ! dit Warren en s'essuyant les yeux avec ses doigts. Être rugbyman professionnel, c'est la seule chose que j'aie jamais voulu faire de toute ma vie. Et j'ai tout fichu en l'air. À jamais.

Anita écoutait, médusée. Il n'était pas qu'un abruti aux muscles hypertrophiés, finalement.

— Ryan a raison, Warren, ce n'est pas la fin du monde, dit-elle doucement.

Warren se tourna vers elle.

— Je suis désolé, Anita, marmonna-t-il. Je suis vraiment désolé d'avoir cogné ton copain.

Anita sourit et haussa les épaules.

— Ce sont des choses qui arrivent.

*

— Alors, il est parti, l'enflure ?

Anita et Drazic se promenaient sur la plage, main dans la main. Des mouettes survolaient la mer en piaillant sous le soleil de cette fin d'après-midi.

— Il est retourné à Newcastle ce matin.

— Il avait un faible pour toi, hein ? fit Drazic en lui lançant un regard en coin perçant.

— Exact, fit Anita avec ironie. Il m'aimait tellement qu'il a tabassé mon petit copain.

— Je croyais que les filles en pinçaient pour les grands balèzes qui n'ont rien dans la tête, fit Drazic les yeux brillants.

— Ah oui ?

Anita s'arrêta et se tourna vers lui. Quelques minutes plus tard, ils continuaient à marcher, enlacés, cette fois.

— Anita, tu sais, quand tu t'es fâchée, l'autre fois, sur le terrain de basket ? Quand t'as dit que ta vie n'était pas si cool que je l'imaginais...

— Mmm.

— Qu'est-ce que tu voulais dire ?

— Euh...

Anita envisagea plusieurs réponses sarcastiques, mais elle vit que Drazic essayait sincèrement de l'aider, et elle s'adoucit.

— Que le divorce de mes parents a été abominable, dit-elle.

Drazic hocha la tête.

— Moi, je préférerais que les miens se séparent.

— Je ne supporte pas les conflits entre les gens. Ça me rend folle, je suis prête à tout pour éviter les disputes.

— Ah bon ? fit Drazic en étudiant le vol d'une mouette. Moi, c'est exactement le contraire.

— Je sais, sourit Anita. Les extrêmes se rejoignent, paraît-il.

— Possible.

— Et puis, soupira Anita, mon père me manque.

Le mien est tout le temps sur mon dos. Il ne me lâche pas cinq minutes.

Anita éclata de rire. Ils marchèrent un moment en silence, leurs pieds nus s'enfonçant dans le sable chaud. Drazic se tourna vers Anita et lui sourit tendrement

— Je trouve ça bien que tu sois si attentive aux autres.

— Alors tu ne me prends plus pour une petite-bourgeoise confite dans les bonnes œuvres ?

Il la considéra avec horreur.

— J'ai dit ça ?

— Approximativement.

— Viens ici, dit-il en l'attirant contre lui.

Peu après, Anita demanda :

— Tu es retourné voir Eric ?

— Pas récemment, non. Je n'y vais que lorsque je n'ai pas le moral.

— Alors en ce moment, ça ne va pas trop mal ?

Drazic secoua la tête.

— En ce moment, ça va même très bien.

Vous avez aimé *Amour, amitié*,
retrouvez la suite de la série
dans *Le mauvais garçon*.

5721

PCA – 44400 Rezé
Achevé d'imprimer en Europe (Allemagne)
par Elsnerdruck à Berlin
le 26 mai 2000.
Dépôt légal mai 2000. ISBN 2-290-30626-6

Éditions J'ai lu
84, rue de Grenelle, 75007 Paris
Diffusion France et étranger : Flammarion